NHK国際放送が選んだ日本の名作

朝井リョウ 石田衣良 小川洋子
角田光代 坂木司 重松清
東直子 宮下奈都

双葉文庫

NHK国際放送が選んだ日本の名作

NHK国際放送が選んだ日本の名作　もくじ

清水課長の二重線

朝井リョウ

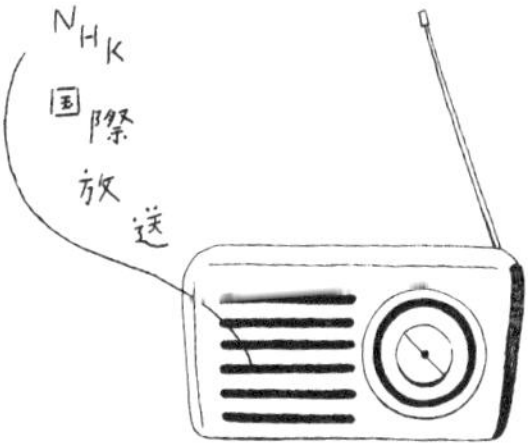

2016年4月23・30日初回放送

朝井リョウ（あさい りょう）

1989年岐阜県生まれ。2009年『桐島、部活やめるってよ』で、小説すばる新人賞を受賞しデビュー。13年『何者』で直木賞、『世界地図の下書き』で坪田譲治文学賞受賞。主な著書に『チア男子!!』『武道館』『世にも奇妙な君物語』『ままならないから私とあなた』『死にがいを求めて生きているの』など。

壁にポスターを貼《は》りながら、あ、と思った。日付の数字は半角なのに、内線番号を示す数字が全角になっている。

「何貼ってんの？」

突然、右耳のあたりに息を吹きかけられる。「っめろ！」思わず身を捩《よじ》る俺を見てニヤニヤしているのは、やはり同期の川辺《かわべ》だ。

「……早くね？　朝」

他部署の人間、特に同期には、こんな姿を見られたくなかった。だからわざわざいつもよりも三十分近く早く出社したのだ。それなのによりによってコイツに見られるなんて——俺は、脇の下に噴き出した汗の量から、自分が今どれだけ恥ずかしがっているのかを悟る。

「木金は俺がＦＡＸ仕分けるから、部の」

ベージュのスーツに包まれた川辺の腕には、大量の紙が抱えられている。川辺が所属するデジタルコンテンツ事業部は、社内でも残業が多いことで有名な部署だ。毎朝届くらしい大量のＦＡＸを見ても、その業務量の多さが窺《うかが》える。

「岡本《おかもと》は何してんの」

俺の手元を見つめる川辺のニヤニヤが加速する。ちょっと前までは今の俺と似たような肩身の狭さを感じていたくせに。なんだか腹が立ってくる。

「それポスター？『6月は整理作業月間です』？　何それ？」

「うるせえな、読むんじゃねえ」

「自分で貼ってるくせに読むなっておかしいだろ」

6月は整理作業月間です。デスクの資料を整理し、執務環境を快適に整えましょう。また、倉庫に預けている資料のうち、保管期限が過ぎたものは処分の手続きをお願い致します。問い合わせは総務部・岡本（内線２１０８）まで――セロハンテープを丸めたもので四隅を留めたそのポスターは、昨日の退勤直前に、去年のデータをそのまま流用する形で作成したものだ。今週中に、五階、六階、七階と、各フロアに二枚ずつ貼っておくようにと、清水《しみず》課長から言われている。

「整理作業月間ねえ。ソーム部の仕事も大変だねえ」川辺のニヤニヤが倍増する。

「バカにしてんだろ」

「被害妄想」

俺は、川辺の抱えているＦＡＸ用紙をちらりと見る。こちら側にぺろんと顔を見せている何枚かの紙には、就活のときに何度も検索をかけたような社名が書かれている。先方も急いでいたのだろう、書き損じの部分がぐしゃぐしゃと黒く塗りつぶされている。

「……川辺っていま何担当してんの」

傷つくとわかっていながらも、思わずそう訊《き》いてしまう。川辺は、サイドの髪の毛を刈りあげるようになってから、この髪型にはメガネが似合うんだよ、とコンタクトレンズをしているくせに伊達《だて》メガネをかけ始めた。

「先月まで女子向け恋愛ゲーム担当で割とうんざりだったんだけど、先々週？　から吉原《よしはら》さん産休入ったじゃん？」吉原さんの妊娠、というか結婚していたらしいことに驚かせてももらえない。川辺の口はさくさく動く。「その代わりでバトルＲＰＧの開発チームのサブリーダーやらせてもらえるようになってさ、今マジテンション上がってんだよね。残業続きで先週なんか会社泊まりだぜ？」

川辺の度が過ぎた早口は、一緒に行った合コンで何度も経験している。お目当ての女の子を見つけると、一息で、言いたいことをすべて言い尽くしてしまうのだ。こんなにもわかりやすく『マジテンション上がっ』ちゃうからお前はいつもお持ち帰り失敗するんだよ、と俺はこっそり思う。

「じゃ、これ仕分けなきゃだから。また」

同期は五人。女子が二人、男子が三人。その中でも特に、同じく九州出身者かつ喫煙者の川辺とはすぐに打ち解けた。少し前までは、七階にある喫煙所で川辺とばったり会う時間が勤務中における最大の癒しだった。だが最近では、こうして少し話しただけで脇に汗がじっとり滲《にじ》む。

俺は、右手に残されたA４の紙を見る。六枚用意していた紙もあと一枚だ。これを、この階のどこかに貼らなければならない。

この会社では年に一度、無駄な紙資料を減らしオフィスをスッキリさせましょう、という目標を掲げた『整理作業月間』というものがやってくる。俺が所属する総務部が指揮を執る取り組みだ。ポスターには、たくさんの紙資料に埋もれているデスクの写真が挿し込まれており、その写真の上には大きな赤いバツ印が重ねられている。

総務部に配属される前——デジタルコンテンツ事業部にいたころ、俺はこのポスターを見るたびに若干の苛立《いらだ》ちを覚えていた。いくらデジタル化が進んでいるとはいえ、ゲーム開発を進める上で紙でのやりとりはとんでもなく多い。不必要な資料を処分して快適な執務スペースを、という提言はもちろん正しいが、それは、文章の意味が正しいというだけだ。スピードが勝負のゲーム開発業務において、資料の整理以前にやるべきことは山のようにあった。

そんな実態を知らない部署の誰かが、勝手なことを言っている。俺はそう思っていた。自分がこのポスターを貼る側になるなんて、当時は全く考えていなかったのだ。

時計を見つつ、クリーム色のじゅうたんの上を歩き出す。思いがけず、長い間ここに立ち尽くしていた。人が増える前に、残り一枚をどこかに貼ってしまおう。

——『6月は整理作業月間です』？　何それ？

このポスターの内容に苛立っていたころの俺は、まだマシだった。川辺は、整理作業月間の存在すら知らないのだ。

無駄な紙資料を減らしましょう。そう書かれているこのポスターこそが、多くの社員にとっての「無駄な紙資料」であることを、もう十年以上も総務部にいる清水課長は全く気付いていないように見える。

総務部のあるフロアに戻ると、パソコンのキーボードを叩く音がばしばしと響いていた。清水課長は、タイピングの音が大きい。四十代半ばにしては薄い髪の毛が、今日も土の中の栄養分を探す根のようにうねっている。

「おはようございます」

「ポスター貼ってくれたんだね、ありがとう」

俺の挨拶に、清水課長が応《こた》える。清水課長は、どんな小さな仕事であっても、俺がそれを終えたときにはありがとうと言う。それはまるで理想の上司のような行動だが、俺のことを「そうでもしないとすぐに不機嫌になる幼稚な若手社員」だと思っているのかと感じるときもあり、勝手にこちらがむしゃくしゃしてしまうことがある。そして、こんなことにさえ毒づかないと気が済まなくなっている自分に、俺は心底うんざりもする。

「岡本君」

課長が俺に一枚の紙を渡してくる。いつのまにか、ポスターのデータを印刷していたらしい。

「ポスター、内容に特に問題はないんだけども、ここ、内線番号の数字が全角になってるよ。日付の数字は半角だから、どちらかに合わせた方がいいんじゃないかな」

「はあ」

それ、どうでもよくね？

数字の全角半角どころかポスターの内容すら誰も見てなくね？

俺は、喉の奥でぼこぼこ湧き上がった言葉を、力を込めて飲み下す。

「あ、あとこれ」

清水課長が、俺のデスクにもう一枚、紙を置く。【経費として処理する領収書に関するお願い】――昨日、経理部の小出《こいで》課長から回ってきた、社内掲示板掲出用の書類だ。社内掲示板は総務部の所有物ということになっているので、他部署の人間が何か掲出したいときには、その書類を一度、総務部内で回覧することになっている。

「ここ、『領収書』って書いてあるけど、規程では『領収証』なんだよね」

清水課長は、引き出しから取り出した社内規程を拡《ひろ》げ、『領収証』と表記されている箇所を指す。こんなふうに、即座に社内規程を取り出せる人物を俺は他に知らない。

「規程とは違うけど『領収書』のまま掲出するか、『領収証』に合わせるか、経理の小出くんに確認しておいて。もしかしたら意味があって変えてあるのかもしれないし。訂正する場合は二重線と捺印《なついん》もらってね、それから回覧するから」

書類に貼られている黄色い付箋には、経理部の小出課長の文字で、「なるべく早く掲出お願いします」と書かれている。

「……はあ」

なるべく早くって言われてるのに、そこ引っかかんの？

規程が「領収証」だったとしても「領収書」でわかるしこれでよくね？

すべての言葉を飲み込んで、スリープ状態になっていたパソコンを復帰させる。メール画面にアクセスすると、早くもOB訪問をしたいと電話連絡をよこしてきた大学生からのメールが届いていた。

メールの件名が「おはようございます」となっている。何だそのタイトル、と思いつつ、その不慣れな文章に頬《ほお》が緩む。

就活は、大変だった。

俺が就活生だったころは、氷河期と呼ばれていた時代よりは回復傾向にあると言われていたものの、やはり何十社もの試験に落ちた。ゲーム業界をはじめとするエンタテインメント関係の会社に的を絞っていたことも、なかなか内定が出なかった原因の一つかもしれない。結局内定をもらえたのは、ゲームセンター向け景品やプリントシール機の開発をメイン事業に据えつつ、最近では家庭用ゲームやスマホ用ゲームの開発にも力を入れているこの会社だけだった。

入社してすぐ、川辺は経理部へ、俺はデジタルコンテンツ事業部へ配属された。そのころ、川辺はしきりに飲もう飲もうと俺を誘ってきた。想像していたものとはかけ離れた業務内容に対する愚痴を、気心の知れた同期に向けて発散したかったのだと思う。ただ、社として特に力を入れているフィールドということもあり、デジタルコンテンツ事業部は忙しかった。スマホ用ゲームを取り巻く環境は一日単位で変わっていく。俺は、川辺の誘いを断る回数が増えていった。

入社して二年が過ぎ、いよいよ自ら企画したゲームの開発に携われそうだというとき、辞令が出た。俺は総務部へ、川辺はデジタルコンテンツ事業部への異動だった。

それから二年間、二人とも、異動はない。

チャイムが鳴る。九時。始業の合図だ。

「あ、あと」

清水課長がこちらを見る。

「整理作業月間の作業も、進めておいてね」

今年度も、総務部への新人の配属はなかった。隣にいる清水課長も、ずっと奥の席に座っている村西《むらにし》部長も、二度目の異動で総務部に流れ着き、そのまま十年以上、総務部から出ていないらしい。このままいくと、俺は本当に、ここから見える人たちと同じように席を移動していく会社員人生を送るのかもしれない。

就活生からのメールは、ゲーム業界で働くことへの夢と希望に満ち満ちている。ご丁寧に、OB訪問当日でしたい質問案まで貼り付けられている。俺はそれを見ながら、自分が就活生だったときにOB訪問をした相手は、【一日のスケジュールを教えてください】というあまりにもよくある質問に、本当に正直に答えていたのだろうかと思った。あの人たちは、俺の夢を、いや、就活生だったころの自分の夢を守るために、ウソをついてくれていたのではないだろうか。

「小出課長、今少しよろしいですか」

電話の受話器を置いた小出課長に、俺は声をかける。

「この掲出書類のことなんですけど」

俺が言い終わらないうちに、小出課長は口を尖《とが》らせた。

「あれ、これ昨日渡したやつじゃん。まだ回覧してくれてないの？」

なるべく早く、と書かれている付箋の黄色が、ライトに照らされてぴかりと輝く。

「いえ、回覧はしたんですけど差し戻しがありまして、こちらなんですが」俺は、「領収書」の箇所を指しながら続ける。「社内規程では、『領収証』表記なんですよ。ですが、いただいたものだと『領収書』になっているんです。こちら、意味があってわざと変えたのか、ただのタイプミスなのか確認できればと」

「え？」

小出課長より早く、その両側のデスクにいる人が噴き出した。「すげえ細かい」笑い声の中に、そんなつぶやきが混ざっている。

「大変だね、君も」

小出課長の目に、少し、同情の色が滲んだ気がした。

「別に意味はないから、そちらの都合のいいように変えてもらっていいよ」

「では書面のデータはこちらで修正しておきますので、こちらに二重線と訂正印を……」

「はいはい」

小出課長は笑いながら、あっという間にボールペンで二重線を引いた。「あ」俺は思わず声を漏らす。訂正の二重線を引くときは必ず定規を使うよう、清水課長から再三言われているのだ。小出課長は俺の声など全く気にも留めていないようで、二重線の上から訂正印を押した。

これでやっと、回覧できる。俺は小出課長に頭を下げ、早足でデスクへと戻る。清水課長はよく、社内で笑われている。さっき、小出課長の両側の人たちがそうしていたように。

ふと、壁かけ時計を見る。まだ十時にもなっていない。異動してから、時間の流れの速度は明らかに変わった。このままじっと時計を見つめていれば、10、という数字のマルの部分が、黒く塗りつぶされていくような気がした。

デジタルコンテンツ事業部にいたころは、業務をこなすうえでとにかくスピードが大事だった。書類上、全角と半角が揃《そろ》っていない箇所があったとしても、規程と表記が違う箇所があったとしても、それを直すことにより業務に遅れが生じるならば、資料に目を通す人間の理解力を信頼した。

朝、川辺が抱えていたFAX。こちらにぺろんと顔を出していた、ある一枚。書き損じの部分が、ぐしゃぐしゃと丸く塗りつぶされていた。いくら寝不足でも、会社に寝泊まりをすることになったとしても、あのころの煩雑さが今は愛《いと》しい。

昼食後、すぐに手帳を拡げるのは、To Do リストが溢《あふ》れ返っていたデジタルコンテンツ事業部時代からの癖だ。今は、手帳がなくとも諳《そら》んじることができるはどしか書き込みがない。

【整理作業月間　箱の洗い出し作業〆】

二十八日の欄に、そう走り書きされている。今日は二十一日だが、二十八日までに土日を挟むので、そろそろ手をつけておいたほうがいいだろう。

社内で保管しきれなくなった紙資料については、種類ごとにダンボール箱にまとめ、倉庫業者に保管作業を委託している。そして、箱を倉庫に入れる際は、箱一つにつき一枚、内容リストというものを総務部に提出してもらうことになっている。各部門から提出される内容リストには、それぞれの箱の中身や作成者の氏名、保管期限などの情報が記載されている。

紙資料の保管年限は、種類や重要度によって異なる。一年間保管したあと廃棄してしまっていいものもあれば、永久保管と設定されているものもある。ただ、最近はどんな重要な紙資料であっても、最初から永久保管と設定することは少ない。とりあえず十年保管に設定しておき、十年ごとに廃棄か延長かを確認することで、無駄な倉庫代を削減しようという動きがあるからだ。箱の数を基に倉庫代が算定されるため、会社としては、倉庫に保管している箱は一つでも少ない方がいい。

俺は、落ちていく瞼《まぶた》をどうにかこじ開けながら、総務部が所有している内容リストの中から、保管期限が【2015年6月】となっているものを抽出していく。他の部に比べたら紙資料そのものの量は少ないが、内容の古さはトップクラスかもしれない。いくら職制変更があったとしても、総務部だけは必ず会社にありつづける。定期的に保管期限を延長しつつ残されている紙資料が、今でもたくさんあるのだ。

抽出した内容リストを見ると、作成者名の欄には、村西、という判が押されており、作成日の欄には今から二十年も前の日付が書かれている。二十年前の村西部長が作成した箱、ということだ。つまり、はじめに設定した十年という保管期限を一度、延長しているのだろう。案の定、【２０１５年６月】の下にある【２００５年６月】という文字には二重線が引かれている。そして、二重線の上に押されている訂正印の名前を見て、俺は一瞬、眠気が覚めた気がした。

【清水】

俺はちらりと、隣の席を見る。トイレにでも行っているのか、そこにはからっぽの椅子《いす》があるだけだ。

十年前、清水課長は、おそらく俺が座っているこの席、総務部の下っ端が座るこの席で、同じような作業をしていたのだ。最も肉体的に無理が利くであろう若い男の体が、社内の誰も興味を示さない『整理作業月間』の業務を粛々《しゅくしゅく》とこなしていたのだ。

三十枚近くある内容リストを手に、俺は立ち上がる。

「部長、いま少しよろしいですか」

デスクのすぐそばに立つ俺を見て、村西部長がペンを置く。

「倉庫に預けている資料の整理作業を行っているのですが、こちらが来月保管期限を迎える箱の内容リストになります。週明けまでに確認いただいて、期限延長か廃棄か判断いただければありがたいのですが」

村西部長が、内容リストを扇《おうぎ》のように拡げる。どの紙の保管期限記入欄にも、定規で引かれた二重線と、清水課長の訂正印が押されている。

一枚、一枚、すべてに、丁寧に。

「懐かしいな、これ」

村西部長が、ふ、と破顔した。

「かなり前のやつだろ、これ」

「……箱自体は二十年前に作成されたようですね。十年前に一度、保管期限を延長しているようなので」

俺がそう付け加えると、村西部長は「そうそう」とさらに表情を緩ませる。

「十年前、期限延長するって言ったら、もとの保管期限をぐしゃぐしゃって塗りつぶしたんだよ」あいつが、と、村西部長が清水課長のデスクを見やる。「それで俺が、どんな些末《さまつ》な修正でもきちんとしなきゃダメだって怒ったんだ」

え、と漏れそうになった声を、俺は飲み込む。

「そしたらあいつ、わざわざ一回修正液で全部消して、その上からもとの保管期限を書き直して、二重線引いて訂正印押して……ほら、ここだけ色がちょっと違うだろ」

言われてみれば確かに、【2015年6月】と書かれているあたりは、他の部分と比べて白色がより鮮やかに見える。

「修正液なんてビジネス文書としてもっと不適切だってまた怒ってな。あのときは清水も総務に来たばかりだったから」

書き損じを塗りつぶす。修正液を使用する。今の清水課長の几帳面《きちょうめん》さからは、考えられない。

「今、社会人として基本的なことを教えてくれる人ってなかなかいないだろう。どの部署も即戦力即戦力って……基本があってこその即戦力だろうに」

まあそういう業界だから仕方ないかもしれんが、と、部長は一度、咳《せき》をする。

「その点、岡本はしっかりしてるな。考えてみたら、総務部に来てからそういう基本的なことで注意したこと、一度もない」

それは、村西部長に書類が回覧される前に、清水課長がすべてチェックしてくれていたからだ。全角と半角のズレや、規程との表記の違いに至るまで。

「いい上司に恵まれたんだな、きっと」

部長のデスクの内線が鳴る。「あ、これ全部、また十年延長しといて」電話の受話器を摑んだ部長に礼をして、俺は自分のデスクに戻ろうと振り返る。

清水課長が、戻ってきている。

痔《じ》防止なのか、ドーナツ型のクッションの上に大きな尻を置いている。社内の誰かに笑われてしまうほどの几帳面さで、相変わらず社内規程を開いてうんうん唸《うな》っている。

俺は、二十年前に作られた内容リストをデスクに拡げた。そして、十年前の清水課長もきっとそうしたように、ノックしたボールペンの先を、定規に沿ってすうと滑らせた。

旅する本

石田衣良

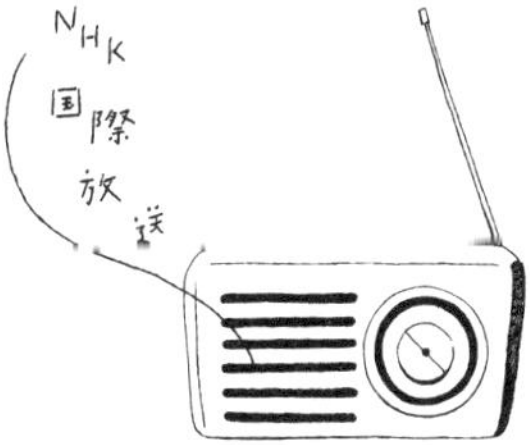

2014年6月28日初回放送

石田衣良（いしだ いら）

1960年東京都生まれ。97年『池袋ウエストゲートパーク』でオール讀物推理小説新人賞を受賞しデビュー。2003年『4TEEN』で直木賞、06年『眠れぬ真珠』で島清恋愛文学賞、13年『北斗 ある殺人者の回心』で中央公論文芸賞を受賞。主な著書に『娼年』『夜を守る』『MILK』『不死鳥少年 アンディ・タケシの東京大空襲』など。

「旅する本」のイメージは、アルゼンチンの作家、ホルヘ・ルイス・ボルヘスの一連の幻想小説から生まれた。こんな名前をもっていたら、迷路のような小説を書く作家になるのは当然だとぼくは思う。ボルヘスの小説には、よく書物と図書館がでてくるのだけど、それがひどく魅力的で、いつか一冊の本を主人公にした作品を、ぼくも書いてみようと決めていたのだ▼手にとった人の心模様にぴたりとフィットするストーリーとその内容にふさわしい形をもった本。それが人から人に旅しながら、数千年の時間を生き延びる。こういうアイディアはさしてめずらしくはないけれど、実際に書いてみると、なかなかたのしいものだった▼作家はあれこれと頭をひねって、さまざまなテーマで小説を書く。でも、究極の理想は百冊の本を書くことではなく、「旅する本」のような一冊を仕あげることなのではないか。誰かひとりの読者の心にしみとおり、その人を深く目覚めさせる小説。たくさん売れるのもめでたいけれど、そんな作品こそ理想なのだ。そういえば、ぼくはまだ剣と魔法のファンタジーを一冊も書いていない。いつかきちんとやってみよう。

本は自分がいつ生まれたのか知らなかった。

遥か昔は乾いた葉を束ねただけだったような気がしたけれど、それがいつ手漉《てす》きの紙を綴《と》じたものに変わったのかもわからなかった。本はその時代の書物の形に変身を繰り返しながら、百年千年の時間を、ただ人の手から人の手に旅して生きてきたのである。

本は今、四六判の単行本の姿をしていた。表紙は印刷面の奥から光りがこぼれてくるような澄んだ朝焼けの空である。束は三百ページ足らずだろうか。薄暗い地下鉄の連絡通路、そのなかごろにあるベンチのうえで、ぼんやりとあたりを照らしながら、本は誰かがやってくるのを待っていた。

男が重い足取りで歩いてきたのは、通勤ラッシュが終わった十一時すぎだった。一年半もまえに職を失い、その日も職業安定所で中高年むけのファイルを見てきた帰りである。仕事は極端にすくなかった。ひとつの求人に数十人が応募する状態だ。残された希望が磨《す》り減っていく音を、震えながらきく十八ヵ月だった。退職金の残りもわずかである。自分のつま先を見ていた男の視界にベンチの端が映った。

（こんなところに本がある）

　誰かの忘れものだろうか。生活を切り詰めてから、男は単行本など買ったことはなかった。いそがしげにとおりすぎる都会の人間たちは、ひとりとしておき去りになった本に注意を払わない。男はベンチに腰をおろすと、朝焼けの表紙の本を手にした。ぱらぱらとページをめくってみる。

　最初の五、六十ページはなにも印刷されていない紙が続いていた。おかしな本だ。しかし、さらにページを繰っていくと、霧が晴れるように白い紙面に活字が浮かんできた。なにも刷られていないように見えたのは、目の錯覚だったのだろうか。不思議に思って最初のページにもどってみると、そこにはただしい姿で、最初の一行があった。

　午後はなにも予定がない男は、本を読み始めた。物語はリストラで仕事を首になった会社員が主人公だった。自分も同じ境遇にある男は、細部のいちいちに共感をもって読みすすめることになった。三十分、一時間、一時間半。夢中になって読み続けた男は、自分の手にした本のページが倍近くにふくれあがっていることさえ気づかなかった。

このまま読んだら、夕方のラッシュアワーに引っかかってしまう。男はその本をつかい古した書類カバンのなかにいれると、続きを家でゆっくりと読むために下り電車にのった。

それからの数日間、男は仕事を失った主人公が奮戦を重ね、ついには新しい職に就くまでを波乱万丈に描いた物語の世界に生きた。職探しをせずに家にこもっているのに、男の表情はこの一年半なかったくらい明るい。男の妻でさえ、落ちこんでいた夫の変化に驚くほどだった。

翌週の月曜日、男はクリーニングから返った白いシャツに新しいネクタイを締めて、早朝から家をでた。カバンのなかには、あの本がある。男は物語に救われた気もちだった。架空の世界に溺れて、すこしだけ豊かになり、こちらの世界に帰ってくる。それは本が読む者にかけてくれる魔法だ。これからも苦しいことはあるだろうが、その時間を耐える力を、男は本からもらったような気がしていた。

男はオフィス街のなかにある公園のブランコに、本をすこしななめにしておいた。

なぜか、本が新しい人との出会いを求めているように感じたのである。それはだんだんと灰色に薄れていく活字がもたらした印象なのかもしれない。本は大切なものを男にくれた。今日からまた自分は職探しにもどり、この本はこの本で別な誰かに読まれることだろう。

男はブランコから立ちあがり、ペンキのはげたちいさな座面においた本を最後に一瞥すると、都会の公園をでていった。


(だって、クッキーは死んじゃったんだ)

男の子はランドセルを背に、足をひきずりながら、公園を横切っていた。築山、ジャングルジム、シーソーにブランコ。いつもならたのしげな公園の遊具が、意味のないグロテスクなものに見えた。クッキーは男の子が生まれたときからいっしょに暮らしたミニチュアダックスフンドである。十七歳という年齢は大往生といってよかったけれど、男の子にはまだ死を理解することも、納得することもできなかった。

ブランコのうえにその本を見つけたのは、涙で曇った目にそこだけ穏やかな光りがさしているように見えたからかもしれない。男の子は柵をくぐって、ブランコの横に立った。本の表紙を確かめてみる。抽象的な緑のなかを、灰色に白い斑《ぶち》のダックスフンドが澄まして散歩している絵柄だった。

（クッキーと同じ模様だ）

男の子はその絵が死んだ犬に似ているだけで、歓声をあげそうになった。本を手にしてみる。それはB5ほどのおおきさの横長の絵本だった。五十ページほどだが、表紙が厚いので、子どもの手にはかなりのもちごたえがあった。

男の子はブランコに座り、誰かがおいていった絵本を開いた。それは一匹の犬の幸福な一生を描いた物語だった。子犬を買った若い夫婦は、臆病でお腹をこわしてばかりいるダックスフンドに優しかった。やがて生まれてくるひとりっ子の長男とその犬は、兄弟のように育てられ、ベッドをともにするようになるだろう。いくつかの四季を重ねて、ふたりは無二の親友に成長していく。

だが、犬の時間と人の時間は異なっていた。犬は何倍もの早さで年をとっていき、いつかは少年にお別れをすることになる。ベッドの隅のいつもの場所で、少年に抱かれたままこの世を去る朝、ダックスフンドの顔には満足そうな表情が浮かんでいた。

さよなら、ともだち。いっしょに遊べて、すごくうれしかった。

引きこまれて読み終えて、自分が涙を流していることさえ気づかないまま、男の子は思った。

(これはまるでクッキーとぼくのお話みたいだ。この本は誰かが、ぼくひとりのために書いてくれた本なのかなあ)

男の子は薄い絵本を両手で胸に抱き、晩ごはんまでにもう一度読み直すつもりで、家に帰った。その日、男の子は夕方に一度、さらに夜寝るまえにもう一度、その絵本を読むことになるだろう。

その日課がつぎの一週間も続くことになる。男の子のなかでクッキーを失った痛みが薄れ、かつて元気だった友達の姿がいきいきとよみがえるようになるまで、男の子はその本に熱中することだろう。


本と出会って二度目の日曜日、両親といっしょに男の子がはいったのは、人通りに面したオープンカフェだった。ダックスフンドの絵本はいつももち歩いていたせいで、カバーがやぶけ、ページの端は黒ずんで角を丸めている。あれほど夢中になった絵本だったが、新しい子犬がペットショップから届くと、男の子の気もちは醒《さ》めてしまっていた。だって、今度はすごくかわいいミニチュアシュナウザーなのだ。

遅めのブランチを終えた家族は席を離れた。レジで順番を待つ両親よりひと足早く、男の子は幅の広い遊歩道にでた。ゆるやかな坂沿いにケヤキ並木が続く、都心の参道である。

男の子は周囲を見まわした。誰も自分に注意を払っていないのを確認する。つま先立ちすればようやく手が届くケヤキの枝の分かれ目に、そっと絵本を挿した。深緑の本は若葉となじんで、とてもきれいだった。その本のために植えられたディスプレイ用の樹木にさえ見える。

「いくよ、トモくん」

母親の呼ぶ声で男の子は坂のしたにむかって駆けだした。数メートル離れたところで急停止し、うしろを振り返る。あれ、クッキーの絵本ってあんな色の表紙だったかな。風に揺れる木の葉のあいだに見えるのは、あたたかなピンク色で、それが木漏れ日のようにきらきらと穏やかな光りを投げている。

一瞬、男の子は迷ったけれど、走りだした勢いはとまらなかった。だってまだ日曜日はまるまる手つかずで残っているのだ。スニーカーの底が歩道を打つやわらかな音を響かせて、男の子は遥かに続く坂のしたに消えた。

こんな天気のいい日に、泣きながら歩いているなんて、いい見世物だった。たかが失恋したくらいで、人まえで泣くなんてバカげている。頭ではわかっていても、切り裂いたばかりの胸はあふれるように血を流していた。

相手は信じるに足りない不実な男だった。なぜ、不実な男に限って目を離すことができないほどの魅力をもっているのだろうか。恋の皮肉である。長い坂道をのぼってくる若い女は、これで何度同じ間違いを繰り返したか思い起こし、泣き笑いの表情になった。

そのときのことである。女は街路樹の枝にブティックのしゃれたフライヤーのように飾られたピンク色の本を見つけた。あたたかな色味に惹かれて手を伸ばす。若い女は涙に濡れたまつげで、日ざしのなかに開かれた本のページを見た。真っ白な紙のうえに活字が躍りだす。若い女は恋の謎を解き明かす、自分だけの物語に魅せられて、その本を読み始めた。

愛されすぎた白鳥

小川洋子

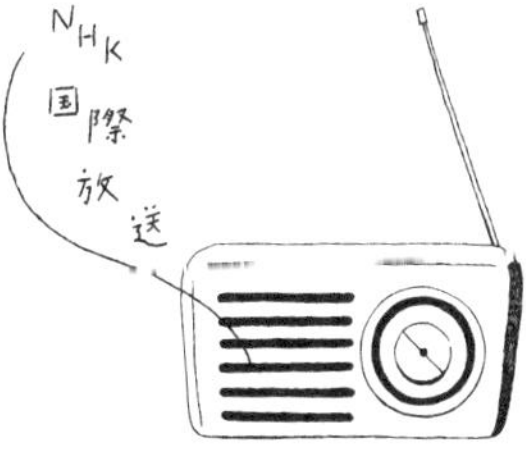

2015年11月28日初回放送

小川洋子（おがわ ようこ）

1962年岡山県生まれ。88年「揚羽蝶が壊れる時」で海燕新人文学賞を受賞しデビュー。91年「妊娠カレンダー」で芥川賞、04年『博士の愛した数式』で読売文学賞と本屋大賞、『ブラフマンの埋葬』で泉鏡花文学賞、06年『ミーナの行進』で谷崎潤一郎賞、13年『ことり』で芸術選奨文部科学大臣賞を受賞。主な著書に『人質の朗読会』『琥珀のまたたき』『口笛の上手な白雪姫』など。

西の果てに大きな森があった。一度迷い込んだら二度と出てはこられないほどに深い森だった。梢《こずえ》はどこまでも高く、茂った葉は太陽の光をさえぎり、地面はいつもじっとりと湿っている。夜になると、あたり一面が闇に塗り込められ、動物たちの光る瞳以外には、他に何も見えなくなる。

森の入口には小屋が置かれ、一人の番人が暮らしていた。父親もその父親もまた番人で、森の外では一度も暮らしたことのない一族だった。男はたくましい肉体を持ち、嵐で倒れた巨木を持ち上げることも、密猟者を捕らえて縛り上げることも、やすやすとできた。貧しい農民の娘には、秘密の茸《きのこ》が群生する場所を教えてやり、狼に襲われ傷ついた小鹿を見つけると、幾晩でも寝ずの看病をしてやった。

男は母の面影を知らず、学校を知らず、友情を知らなかった。書物とも楽器とも旅とも無縁だった。兄弟も恋人もいなかった。多くのことを知らないまま、老いを迎えていた。

外の世界から風を運んでくるのは、十日に一度小屋に顔を出す、食料品店の配達人だけだった。さっぱりとした気のいい若者で、番人がお茶を勧めると、決して断らなかった。ストーブの前の椅子《いす》に腰掛け、町の噂や事件について、ひとしきりお喋りした。番人は黙って耳を傾け、カップが空《から》になれば新しいお茶を注《つ》いでやったが、正直なところ町のできごとはどれも、ぼやけた夢物語のようなものだった。ただ、生き生きとして語る若者をがっかりさせないため、適度に相槌《あいづち》を打つのは忘れなかった。

お喋りよりも楽しみだったのは、毎回若者がおまけに置いていってくれるキャンディーだった。

「はい、これ」

若者は無造作に上着のポケットに手を突っ込み、キャンディーを一摑《ひとつか》み取り出した。それが席を立つ合図だった。

次の配達日が来るまで、番人は一個ずつ大事にキャンディーをなめた。実にさまざまな種類のキャンディーがあった。木の実や果実など覚えのある味もあれば、一体何の味なのか見当もつかない神秘的なものもあった。ころんとした愛らしい形をして、かさこそ音のする、色とりどりの包装紙にくるまれていた。

一日の仕事を終え、小屋に戻ってくると、まずテーブルの上にあるキャンディーを一個取って、口に入れる。今日はどの色にしようかとしばし悩み、昨日は何色だったか思い出そうとしていつもうまくゆかず、結局は一番手前にあるのを選ぶ。口の中でキャンディーを溶かしながら、ストーブの火が少しずつ大きくなるのを待っている間が、一日のうちで最も幸せな時間だった。


ある日、番人は湖に白鳥を見つける。ハンターもめったに足を踏み入れない、森の奥まった場所にある湖だ。水があまりにも冷たく澄んでいるので、太陽も雲も月も星も、空にあるものは全部ありのままにそこに映し出される。初めて湖を見る人は誰も、そこにもう一つの空があるのかと錯覚するに違いなかった。

白鳥は水面を音もなく滑っていた。群れからはぐれたのか、あるいはつがいの片方がどこかに隠れているのかと、番人はしばらく成り行きをうかがっていた。しかしいつまで待っても白鳥は一羽きりで、旅立つ気配も、仲間が迎えに来る様子もなかった。

白鳥はぴんと首を伸ばし、前だけを見つめていた。真っ白い羽には汚れ一つなく、水面にはわずかなしぶきさえ上げなかった。

番人は用心深く水辺に近づき、口から出まかせに小鳥の鳴きまねをしてみたが、白鳥は一瞥《いちべつ》もくれず、ただ自由に水面を泳ぐばかりだった。

それから毎朝、番人は湖に通った。渡りの旅から一羽取り残された白鳥の行く末を案じて、というのは表向きの理由で、本当は朝露《あさつゆ》に光る白い羽の美しさに心を奪われてしまったのだった。

白鳥を怖がらせないよう、番人は慎重に振る舞った。音のしない軟《やわ》らかい土の上を選んで歩き、最初のうちは草むらに隠れ、様子を見ながら徐々に姿を現すようにした。白鳥を振り向かせるために手を叩いたり、ましてや石を投げたりするようなことはせず、沈黙のうちに姿だけを目で追った。

何日かたつうち、少しずつ白鳥は番人の存在を認めるようになった。冷たい無視の期間は去り、許容の時が訪れたのだ。番人を見つけると白鳥は、羽を一度だけぶるっと震わせるか、くちばしで水面を弾くか、何か小さな合図を送ってきた。番人はそれにどう応《こた》えていいのか戸惑い、まるで初対面の人間にするかのように、ぎこちないお辞儀をする。

番人にとって白鳥の羽ばたきが音楽であり、湖面に広がる波紋が絵画だった。白いくちばしは彫刻であり、瞳は宝石だった。

ある朝白鳥は、番人が立つ水辺まで寄ってきて、彼を見つめながらしばらくそこに留まった。間近で見ると白鳥はなお一層白い。目が痛むほどに白い。そして高遠で、畏《おそ》れ多い。

何か言わなければと焦れば焦るほど、番人は言葉を失う。このまま黙っていて白鳥に誤解され、見放されてしまったらもう取り返しがつかない、という恐怖にとらわれている。既に太陽は高みにまで昇り、湖面に木々の影を映し出している。小鳥のさえずりが遠くでこだまし、空に吸い込まれてゆく。

「私は森の番人です」

彼が口にできたのは、そのたった一言だけだった。

毎朝、白鳥と番人は一緒に朝のひとときを過ごした。羽に絡まってはいけないと、番人は岸辺の蔓《つる》を刈り、狼が近寄らないよう罠《わな》を仕掛けた。湖面を優美にターンする姿に拍手し、羽を休める姿を見守り、共に朝日を浴びた。彼らを邪魔するものは何もなかった。

白鳥のために、もっと何かしたい、何かできるはずだ、まだまだ足りない、と番人は思った。夜、眠りに落ちる前はいつも、白鳥の気高さを思い、自分の至らなさを嘆いた。白鳥はどんなふうにして眠っているのだろうか、と考えただけで胸が苦しく、粗末ながらも自分がベッドの中にいることが申し訳なくてたまらなくなり、毛布も掛けずに床に寝転がった。


そうだ、自分の一番大事なものを捧げればいいのだ、と番人は気づいた。その朝彼は、湖に出かける前、テーブルのキャンディーを一摑みポケットに忍ばせた。

「つまらないものですが……」

番人はおずおずとポケットからキャンディーを一粒取り出した。白鳥の白にはどんな色のキャンディーでもよく似合った。

「もしよろしければ……」

番人は包装紙を取り、キャンディーを掌《てのひら》に載せ、差し出した。白鳥は少し迷うように、くちばしの先でそれをつついた。

「さあ、どうぞ」

一度番人を見上げてから白鳥は、キャンディーをくちばしにはさみ、首をしならせてそれを飲み込んだ。キャンディーが白鳥の喉を落ちてゆく、わずかな気配が伝わってきた。

番人は唯一の夜の楽しみを捨てた。白鳥との朝の時間に比べれば、そんなものは捨ててしまっても少しも惜しくなかった。配達人の若者が置いてゆくキャンディーは全部取っておいて、白鳥にプレゼントした。

「すまないがね、君」

番人は配達人に願い事をした。

「もしよかったら、もう一摑みだけ余分に、キャンディーを置いていってもらうわけにはいかないだろうか」

気のいい若者は何のこだわりもなく答えた。

「お安い御用ですよ」

ああ、これで、もっとたくさんのキャンディーを湖に運ぶことができる。番人は若者の手を取って何度もお礼を言った。

一日一粒が二粒になり、六粒になり、十二粒になった。とうとう片手には載りきらなくなり、両手一杯のキャンディーが差し出されるようになった。何粒になろうと、白鳥は一粒ずつくちばしにはさんで飲み込んだ。

「さあ、どうぞ。さあ、どうぞ」

色とりどりのキャンディーが白い羽の中に消えていった。番人は幸せだった。


ある朝、いつものようにキャンディーで膨らんだポケットを押さえつつ湖に来てみると、白鳥の姿がなかった。白鳥はキャンディーの重みで湖の底に沈み、一滴の雫《しずく》になっていた。番人はまた、独りぼっちになった。

鍋セット

角田光代

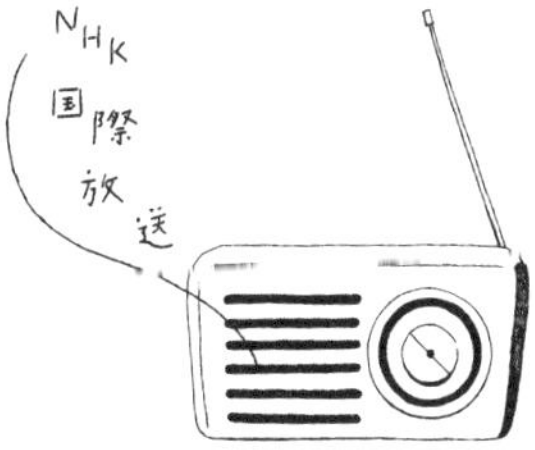

2018年10月20・27日初回放送

角田光代（かくた みつよ）

1967年神奈川県生まれ。90年「幸福な遊戯」で海燕新人文学賞を受賞しデビュー。96年『まどろむ夜のUFO』で野間文芸新人賞、98年『ぼくはきみのおにいさん』で坪田譲治文学賞、『キッドナップ・ツアー』で99年産経児童出版文化賞フジテレビ賞、2000年路傍の石文学賞、03年『空中庭園』で婦人公論文芸賞、05年『対岸の彼女』で直木賞、06年「ロック母」で川端康成文学賞、07年『八日目の蟬』で中央公論文芸賞、11年『ツリーハウス』で伊藤整文学賞、12年『紙の月』で柴田錬三郎賞、『かなたの子』で泉鏡花文学賞、14年『私のなかの彼女』で河合隼雄物語賞を受賞。主な著書に『森に眠る魚』『ひそやかな花園』『坂の途中の家』など。

もちろんテレビドラマに出てくるような、ロフトに続く螺旋《らせん》階段とかカウンターキッチンとかクロゼットとか出窓とかのある部屋を想像していたわけではなかった。けれどせめてフローリングであってほしかった。

申し訳程度の台所がついた、六畳の和室。窓は木枠に磨《す》りガラス、クロゼットなんてとんでもない、おどろおどろしい感じのするような押入が半間《はんげん》。狭苦しいユニットバス。これが私の住むことになった部屋である。

その六畳間で、私と母は向き合って缶コーヒーを飲んでいる。はあ、と母がため息をつく。はあ。私も母のため息がうつる。

「東京っていうのは家賃が高いって聞いていたけど本当だね。五万いくら払ったら、うちのあたりなら二部屋ついた新築が借りられる」

部屋さがしにきたときからくりかえしていることを、母はまた言う。

「もう、やめてよ、そういうこと言うの」いらいらと私は言った。

第一志望だった大学に合格したのが三月のはじめ、その一週間後、私は母とともに新居をさがすべく東京にきた。母はいきごんで、入学式かと思うようなスーツを着こんでいた。その日のうちに新居を決めなければならなかった。不動産屋の車に乗って、四件も五件も部屋を見せてもらった。見せてもらううち、大学に合格したときの、全世界が輝いて私を招いているような気分はじょじょにしおれてきた。隣の母も、だんだん意気消沈してくるのがわかった。

案内されるのはどれも、古びた木造アパートで、部屋は驚くほど狭く、そしてしょぼくれていた。顔を見合わせる私と母に、「このご予算ですと、どうしてもこういったお部屋ばかりになってしまうんですよね」と、どこかしら得意げに不動産屋は言うのだった。

結局、私が決めたのは、私鉄沿線の駅から徒歩八分のこのアパートである。角部屋だし陽当たりはいいが、いかんせん、古い。台所にある一口のガスコンロは油で黒光りし、水道の蛇口は錆《さ》びている。押入の襖《ふすま》には薄い染みがあり、木目調の天井はすすけて黒い。畳だけが青々と新しかった。契約を終えて帰るとき、「東京っていうのは家賃が高いと聞いたけれど……」と母はくりかえした。

私たちの暮らす家だって、ぴかぴかの大御殿というわけではない。ごくふつうの一軒家だ。けれど私の部屋はもう少し広いし、出窓はあるし、お風呂《ふろ》はひろびろして追い焚《だ》き可だし、システムキッチンである。快適な家をわざわざ出て、あのしょぼくれたちいさな部屋に住むことに、なんの意味があるんだろうかと、私も考えそうになっていた。

古びた部屋のせいで、東京行きの準備をはじめてもあんまり晴れがましい気分にはなれなかった。持っていきたいと思うものの大部分は置いていかなければならなかった。入りきらない、という至極シンプルな理由で。

「それにしても、引っ越し屋さん、遅いね」

部屋に充満する辛気《しんき》くさい空気を追い払うように私は言ってみる。

「電器屋さんもねえ」

母は立ち上がり、窓を開ける。窓からはちいさな空しか見えない。つぶれた菱形に切り取られた青空は、さらに電線でこまかく分断されている。

「ねえ、桜の木があるわよ」

母は明るい声で言い、手招きをする。母の隣に立って外を見る。たしかに、隣家の庭に桜らしき木が生えている。隣の庭はずいぶん広い。井戸があり、物干しがある。庭に面した縁側に座布団が干してある。なんだか私たちの家に似ていた。

「ここでお花見ができるわよ。まだつぼみだけど、学校はじまるころには満開よ」

なぐさめるような口調で母が言い、なんだかよりいっそう気持ちが沈み、さっきから感じている苛立《いらだ》ちが倍増する。

電器屋と引っ越し屋は続けてやってきた。電器屋はちいさな冷蔵庫を台所に、洗濯機を玄関のわきに設置し、小型テレビを部屋に運びこんで去り、段ボール五箱とカラーボックスひとつを部屋の隅に並べて引っ越し屋は去った。あっという間だった。

「片づけ、ひとりでできそうだから、もう帰っていいよ」

私は言った。母はしばらく無言で部屋を眺めまわしていたが、

「ねえ、引っ越し蕎麦《そば》食べにいこうか」と言う。「蕎麦屋なんかあるかな」つぶやくと、

「蕎麦屋なんてどこにだってあるわよ、ここだって日本なんだもの」なんだかとんち

んかんなことを言い、母は申し訳程度の玄関で靴を履いている。私もいっしょに部屋を出て、おもちゃみたいな鍵を鍵穴にさしこんだ。

駅へと続く道が商店街になっている。ちいさな町とはいえ、さすが東京である。私たちの町の商店街とは桁《けた》違いににぎわっている。総菜屋、スニーカー屋、レンタルビデオ屋、ゲーム屋、洋服屋、レストラン、喫茶店、雑貨屋。母はきょろきょろと目を走らせている。ときどき立ち止まり、私のコートの袖口を引っぱる。「ねえ、あのセーター特売よ、五千円しないなんて、嘘みたい」「なんだか洒落《しゃれ》た喫茶店よねえ。さすが東京って感じ」「あのラーメン屋さん、雑誌の切り抜き貼《は》ってあるけど、雑誌に載るような有名店なのかしら」「ここ、いいじゃない、二十四時間営業のコンビニ。夜にお醤油やお味噌切れても買い足せるし」華やいだ声を出す。

母の言うせりふはすべて私を苛つかせた。あんなところにこれからたったひとりで住むなんて、かわいそう。そんなふうに同情されている気分になった。本当に自分が気の毒な娘であるような気分になった。

「やめてよ、田舎者まるだしみたいでかっこわるい」

だから私は投げ捨てるように言い、袖口をつかむ母をふりきるようにして商店街をずんずん歩いた。こんな商店街のセーターなんか褒《ほ》めないでよね。十一時に閉店するコンビニなんてうちのほうにしかないんだよ。雑誌の切り抜き貼ってるからっておいしい店とはかぎらないんだから。心のなかで悪態をつき続けた。

駅近くにあった蕎麦屋で、母と向き合って天ぷら蕎麦を食べた。びっくりするくらいまずかった。うちの近所の村田庵だってもっとましな蕎麦を出す。なのに母ときたら、おいしい、おいしいと連発する。「やっぱり東京の店は違うわね」なんて言う。私はむっつりとして、半分残して箸を置いた。もったいないと言い、私の残したぶんまで食べる母に、苛立ちを通り越して嫌悪《けんお》まで覚えはじめる。

蕎麦屋を出る。春特有のふわふわした陽射しが商店街を染め抜いている。

「じゃあここで、もう帰っていいよ、おかあさん」私はぶっきらぼうに言った。

「でも、まだ荷ほどきもしてないじゃない」

「あれっぽっちの荷物、私ひとりだって、すぐ片づいちゃう」

「掃除も、もう一回したほうがいいんじゃない」

「さっきしたばかりじゃないの」

「だけど、台所はなんだか汚れが落ちなかったし」

店先で言い合う母子を、通りすがりの人がちらりと眺めていく。

「もういいって」強い口調で私は言った。本当のことを言うと、母といっしょにあのしょぼけたアパートに帰りたかった。何度でもいっしょに掃除をしてもらいたかった。あの狭苦しい台所で、夕食の支度をしてほしかった。魚の煮つけ、切り干し大根、たらこと葱《ねぎ》の入った卵焼き、家のテーブルに並ぶような夕食。そして、布団を並べていっしょに眠ってほしかった。苛立った私の八つ当たりを、とんちんかんな言葉で受け流してほしかった。けれど今日泊まってもらったら、明日も泊まってもらいたくなる。私は今日から、たった今から、ひとりで、あの部屋で、なんとか日々を過ごしていかなくてはならないのだ。

「もういいって。帰って」私は言った。泣きそうな自分の声が耳に届く。

「あっ、いやだ、おかあさん、忘れてた」

突然母が素っ頓狂な声で叫ぶ。

「何、忘れもの？」

「そうじゃないの、あのね、鍋。鍋を用意してあげるのを忘れてた」

母は言い、すたすたと商店街を歩き出す。コートを着た母のうしろ姿が、陽をあびてちかちかと光る。私はちいさな子どものように、母のあとを追う。

「鍋なんかいいよ」

「よくないわよ、鍋がなきゃなんにもできないじゃないの。あんたもね、料理くらい覚えなさい。フライパンひとつでできるものなんか料理とは言わないの、きちんと鍋を揃《そろ》えて、煮炊きをしなさいよ」

母は得意げに言いながら、店先に茶碗を並べた雑貨屋に入っていく。店のなかは、食器や鍋や、ゴミ箱や掃除用品、ありとあらゆるものが所狭しと並んでいた。母は通路にしゃがみこみ、片っ端から鍋を手に取っていく。「これはなんだか重いわね」「これじゃあいかにも安っぽい」「こんなに馬鹿でかくても困るしね」ひとりごとをつぶやきながら、鍋をひっくり返したり片手で揺すってみたりしている。私は母のわきに突っ立って、隅に整然と並んでいるル・クルーゼの鍋を見ていた。高校生のころ、女性誌で見て、ひとり暮らしをしたら買いたいと決めていたル・クルーゼである。色も橙《だいだい》色と決めていた。けれど、これがほしいと母にはなんだか言えなかった。こんなもので料理なんかできませんと母は言うような気がした。実際、母の作るもの、母の作ってきたものは、ル・クルーゼとは不釣り合いだった。あのアパートに橙のル・クルーゼがあっても、なんだか滑稽だとも思った。

「これがいいわ」

思いきり立ち上がった母ははずみでよろけ、体を支えようと咄嗟《とっさ》に棚に手をつき、積んであった鍋がものすごい音を出して転がり落ちる。店内にいた客が陳列棚から首だけ出してこちらを見ている。

「やだ、もう」顔が火照《ほて》るのを感じながら私はつぶやく。

「やだもうはこっちのせりふよ」母も赤い顔をして、転げ落ちた鍋を懸命に元に戻している。「大丈夫ですかあ」店員が歩いてくる。

「あらまあ、ごめんなさいね、あのね、この子、春からこの先のアパートでひとり暮らしをするの、それで鍋と思ってね、選びにきたんだけど、やだ、こんなにしちゃって。大丈夫かしら、傷なんかついてない？　えーと、私が選んだのはどれだったかしら、しょうがないわねえ」

おばさんらしい饒舌《じょうぜつ》さで母はべらべらとしゃべり、さっき選んだ鍋を店員に押しつけるように渡している。鍋は大、中、小と三つあった。

「三つもいらないんじゃない」

「いるわよ、ちいさい鍋で毎朝お味噌汁を作りなさい、大きい鍋は筑前煮とか、あとお魚を煮るときにね。中くらいのは南瓜《かぼちゃ》とか里芋とか、そういうちょっとしたものを煮るのに便利だから」まだ顔の赤い母は念押しするように説明しながら、バッグから財布を取り出している。

「この子ね、はじめてひとり暮らしするんですよ。ご近所だし、何かあったらよろしくお願いいたしますね」

母は若い店員に向かって頭を下げ、鍋を包んでいた店員は困ったように私を見、かすかに会釈した。

母とは店の前で別れた。アパートにいって荷ほどきをすると母は言い張ったが、ひとりで大丈夫だと私はくりかえした。

「そうね。これからひとりでやっていかなきゃならないんだもんね」

母は自分に言い聞かせるようにつぶやいて、幾度か小刻みにうなずくと、顔のあたりに片手をあげて、くるりと背を向けた。ふりかえらず、よそ見をすることなく、陽のあたる商店街を歩いていく。母に渡された重たい紙袋を提げ、遠ざかる母のうしろ姿を私はずいぶん長いあいだ眺めていた。母のうしろ姿はあいかわらず陽にさらされてちかちかと光っている。カートを引いて歩く老婆、小走りに駅へ向かうスーツ姿の男、幼い子どもの手を引く若い母親、いつもと変わらぬ町を歩く人々の合間を、母はまっすぐ歩いていく。雲のない空の下で商店街はふわふわと明るい。この光景を、ひょっとしたら私は一生忘れないかもしれない、ふいにそんなことを思った。そんなことを思ったら急に泣き出しそうになった。ひとりになって泣くなんて子どもみたい。私は母が向かう先とは反対に走り出す。かんかんと音をさせてアパートの階段を駆け上がり、紙袋の中身を取り出した。いつのまに母が頼んだのか、それとも店員が気をきかせたのか、大中小、三つの鍋はプレゼント用に包装されていた。でこぼこの包装紙のてっぺんに、ごていねいにリボンまでついている。みず色のリボン。ひとりきりになったちいさな部屋のなか、思わず私は笑ってしまう。

あのとき母がくれたのは、いったいなんだったんだろうと思うことが、最近になってよくある。

もちろんそれはただの鍋である。けれど、鍋といって片づけてしまうには、あまりにもたくさんのものごとであるように思える。

この鍋で私は料理を覚えた。筑前煮もカレイの煮つけも焼き豚もクラムチャウダーもビーフシチュウも。はじめてひとりで暮らしたあのアパートに、はじめて男の子が遊びにきたときも、私はこの鍋で料理をした（今でもメニュウを覚えている。ロールキャベツに肉じゃが、クリームソースのパスタというおそろしい組み合わせは、女性誌の「男がよろこぶ料理」特集の上位三位をそのまま作った結果である）。

女友達と徹夜して飲み明かしたときは、夜明けに小の鍋でインスタントラーメンを作った。彼女とは未《いま》だにどちらかの部屋でよく飲み明かす。

試験明けには宴会をしたこともある。そのときは大の鍋でおでんを作った。クラスメイトが十二人もこの部屋に入った。おでんは瞬《また》く間に足りなくなり、中の鍋も動員した。夜中にうるさいと隣室の住人に怒鳴りこまれた。

楽しいときばかりではない。実家が恋しくなったとき、失恋したとき、就職試験に落ちたとき、ひとりの夜が意味もなく不安に押しつぶされそうになったとき、私は鍋を取り出した。大鍋で、牛のすね肉をぐつぐつと煮る。玉葱《たまねぎ》が飴色になるまでひたすら木べらでかきまわす。ホールトマトをかたちが崩れるまで煮る。スープのアクをていねいにすくい取る。汗を流しながら、ときには涙と鼻水まで垂らしながら。そうしていると、不思議と気持ちが落ち着くのだ。だいじょうぶ、なんてことない、明日にはどんなことも今日よりよくなっているはずだ。鍋から上がる湯気は、くつくつといううちいさな音は、そんなふうに言っているように、私には思えた。

希望した会社にことごとく落ち、結局、アルバイトばかりくりかえした。立場は不安定だったが自由にできる時間だけはたっぷりとあり、その自由さが不安になると、私はきまって料理をした。料理をしていると、何か意味のあることをしている、自分が意味のある人間であると錯覚できたから。

うまくいかなかったのは仕事ばかりではなく、恋愛もしかりだった。失恋するたび、しかし私の料理の腕は上達する。女友達に馬鹿にされつつ、男を釣るのは胃袋だとかたく信じている故である。

すべて、選択とも言えない消極的な選択だけで年ばかり重ねてきたのに、数年前、私にはフードプロデューサーという肩書きができた。オープン予定だったり売り上げに伸び悩んでいたりする飲食店に、新メニュウを提案する、というのが主な仕事だ。仕事はすぐに軌道にのり、近ごろでは、雑誌に料理コラムの連載もさせてもらっている。アルバイトの無為《むい》な時間と失恋のたまものである。

結婚したのは五年前、三十二歳のときだ。十八歳のときと同じく、親しくなるやいなや私は彼を家に招き、ごちそうぜめにした。もちろんロールキャベツと肉じゃがなんかいっしょに並べたりしない。すね肉と人参のシチュウだとか、ラムのトマト煮込みだとか、チリコンカンだとか、料理歴にふさわしいものを、すっかり古ぼけた大中小の鍋でせっせと作って。男を胃袋で釣れるのかどうか定かではないが、一年後、私たちは結婚をした。

取材で我が家を訪れただれもが、私の使っている鍋を見て驚く。どの鍋も、取っ手がとれていたり蓋《ふた》がなかったり底が焦げついていたり、とんでもなくみすぼらしいからである。新しいのを買わないんですか、と正直に訊《き》く人もいる。そんなとき私はいつも、えへへ、と笑うにとどめている。

もちろん何もかもがうまくいっていて世界がばら色に見えるなんてことはない。仕事でしょっちゅうつまずくし、夫とはささいなことで喧嘩をする。もうだめだ、と十八歳のときのように泣くこともある。それでも平均してみれば、たいそう平穏な日々である。子どものころに思い描いたような大人として生きている。

そうしてときどき思うのだ。夕ごはんの支度をしているとき。深夜近くまで新メニユウと格闘しているとき。飲んで帰る暗い夜道で。私はあのとき、母にいったい何をもらったんだろう？　と。

胃袋で釣れた結婚相手？　仕事と将来だろうか？　正しく機能している内臓？　それとも、日々にひそむかなしみにうち勝つ強さ？　不安を笑い飛ばせる陽気さ？

退屈な時間を無にできる魔法？　だれかと何かを食べるということの、ささやかながら馬鹿でかいよろこび？

きっと、そんな全部なんだろうと思う。みず色のリボンをかけられていたのは、きっとそんな全部なんだろう。

「南瓜の中身をくりぬくのよ」電話口で母は言う。「それで炒めた鶏そぼろと野菜をね」

「だから、順番に言ってよ。それに野菜って端折《はしよ》って言わないで、なんの野菜かも説明してくんなきゃわかんない」

あいかわらずいらいらと私は言う。新メニユウに行き詰まると、私はときおり母に電話をかけて、子どものころに食べた料理のレシピを訊いてみるのだ。

「南瓜はチンしておけばかんたんに中身が取り出せるから……そんなことよりあなた、

こないだ雑誌で見たけど、なんて貧乏くさい鍋を使ってるの？　あれじゃあみっともないでしょうよ、新しいのを買いなさいよ、お誕生日に送ろうか？」

「いいっていいって、そんなことは。ああもう、わかんなくなっちゃったじゃないの。南瓜をチンしてどうするんだっけ」

電話の子機を肩で挟み、丸ごとの南瓜が大の鍋にきちんとおさまってくれるかたしかめながら、私は母の声を待つ。

迷子物件案内

坂木司

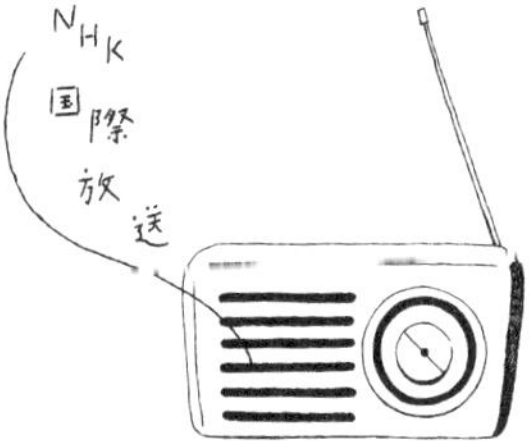

2017年11月18・25日初回放送

坂木 司（さかき つかさ）

1969年東京都生まれ。2002年『青空の卵』でデビュー。同書から始まった「ひきこもり探偵」シリーズの他、「ホリデー」シリーズ、「和菓子のアン」シリーズ、「二葉と隼人の事件簿」シリーズなどがある。13年『和菓子のアン』で第2回静岡書店大賞・映像化したい文庫部門大賞を受賞。主な著書に『僕と先生』『肉小説集』『女子的生活』や、初エッセイ『おやつが好き』がある。

迷子

今、私は道に迷っている。見知らぬ町角を思いつきで曲がり、駅の方向もわからぬまま直線を突き進む。漠然とした不安はあるものの、それよりも遥かに大きな解放感が私を包んでいる。迷子。この甘く郷愁を誘う響き。迷子。さて誰に道をたずねようか。迷子。なんともいえず素晴らしいものじゃないか。

そう、私は今、道に迷っているのだ。

昔からつまらない男だと言われてきた。酒も煙草も嗜《たしな》まず、賭け事など手を出したこともない。見合いで出会った妻以外には女を知らない。そう言ったときには、古い友人にすら目を見張《し》られた。かといって高級な品物に興味はないし、金のかかる趣味があるわけでもない。強いて言えば、地図を眺めて目的とする場所までの最短ルートを考えることが趣味かもしれない。小説や映画といった架空のものごとにはそそられないので、こういった実利的な頭脳ゲームの方が私には向いているのだろう。

道を外したことのない人生。奔放《ほんぽう》な祖父のせいで苦労を強いられた母は、私に着実で確実な生き方をしろと言い聞かせた。真面目。四角四面。堅物。周りにどう呼ばれてもかまわなかった。苦笑混じり、あるいは呆れ顔で発せられたその言葉たちは、いつか美徳への賛辞に変わるのだと私は信じていたから。

妻との間に娘が出来たとき。もしかしたらあれが私の最も幸福な瞬間だったのかもしれない。生まれたてでふにゃふにゃとした赤ん坊を初めてこの腕に抱いたとき、私は後先考えずに童謡を歌いまくった。看護師が眉をひそめても、同室の女性にカーテンを閉められても、私は赤ん坊のために歌を歌い続けた。困惑した妻が私から娘を取り上げた後、私たちは顔を見合わせて笑った。すべてが計画通りに進められてきた私の人生の中で、あれほど我を失ったことはない。酒に酔ったことのない人間でも、幸福には酔うことができるのだと知った。

しかしその娘は長じて道を踏み外した。母が祖父を反面教師としてきたように、娘もまた私を反面教師として捉《とら》えたのだ。

「お父さんみたいな予定通りの人生なんて絶対嫌！」

それが口癖だった娘は夜遊びをし、幾人もの男とつきあい、失敗と挫折を繰り返しながら専門学校を卒業した。

「迷い道のない人生なんて、味気ないよ」

私には理解しがたい世界で理解しがたい生活を送っていた娘は、最後にそう言い残して家を出た。妻は私に内緒でひそかに連絡を取り続けていたらしいが、そのことが食卓の話題に上ることはついぞなかった。

しかし私の頭の中には、娘の残した言葉が案外深く刻みつけられていたらしい。なぜなら職場や出先で道に迷う人間を目にするたび、私はその相手を観察してしまうのだ。なぜ迷うのか。どうやってその状態から抜け出しているのか。その理由がわかれば娘の気持ちも理解できるのかもしれない。頭のどこかでそんなことを思いながら、私は迷う人々を見つめている。

何年も観察を続けていると、道に迷う人間にはいくつかのパターンがあることに気がついた。まず彼らは地図を見ない。あるいは見ても、理解できていない。そして運良く地図が理解できても歩き出したが最後、自分がどこを背にしているか失念する。

東西南北がわからないのは当たり前。さらに駅や幹線道路といった目印を把握しないのも当たり前。彼らは目的地と自分のいる地点のことしか考えないから、一本でも道がそれたら迷ってしまう。

ではなぜそんな状態で家を出ることができるのか。私だったら行き先の地図を眺め、目的地の周囲までをおおよそ把握してからでないと出かけられないものだが、彼らはそんな状況に一切臆することなく外出する。そして迷いながら私の倍以上の時間をかけて目的地に到着するのだ。まったくもって非合理的かつ非論理的である。

しかし道に迷う人々を観察していると、ある共通項が見えてきた。それは「道に迷う者は好意を抱かれやすい」ということだ。これもまた私自身の感情による非論理的な感想に過ぎないのだが、道に迷う人々の大半はその突破口を他人の助言に頼るという傾向がある。

「すいません、道に迷ってしまいまして」

彼らは交番にいる警察官にものをたずねるように、道行く人にさり気なく声をかける。

「ここへはどう行ったらいいんでしょうか」

地図を見せて困り顔で首をかしげる彼ら。するとよほど不親切な者以外は、たいてい同じように首をかしげてその紙切れをのぞき込んでくれるだろう。

他人をあてにするような行為は、私から見れば依存としか思えない。けれどあるとき同僚との会話の中で、こんな意見が飛び出した。

「人に道をたずねることができる奴っていうのは、根本的に人を信じてるんだよ」

開けっぴろげで信頼を寄せてくる彼らだからこそ、相手もたやすく胸襟《きょうきん》を開いて受け入れる。

「嘘をつかれたり騙《だま》されたりする可能性というのを考えたりはしないものなのか」

「そこまで考えないからこそ、受け入れられるんだろ。子供と同じさ。心から信頼を寄せてくる相手に対して、人はそうそう冷たくなれないもんだ」

私の質問に、同僚は笑って答えた。説得力のある意見だった。私はあまり好意を抱かれるタイプではないが、その原因はもしかしたらこんなところにあったのかもしれない。

しかしむやみやたらと他人を信頼するのも考えものだ。冒険と自重《じちょう》を天秤《てんびん》にかけた場合、私の中では大抵自重が競《せ》り勝つ。

（だからお父さんは愛されないんだよ）

娘の言葉が記憶の彼方から聞こえてくる。愛されない？　だが見ず知らずの他人に愛される必要がどこにあるというのか。私は自分の父母に愛され、妻に愛されていればそれで満足だ。そして娘は愛するものであって、娘に私を愛する義務はない。

そこに迷いの生ずる隙間はなかった。


孫が出来た。そう聞かされたのは昨日のことだった。妻は昨夜遅くまで外出しており、帰ってくるなり私にその事実を告げた。

「あなた、私たちおじいちゃんとおばあちゃんになったんですよ」

娘が妊娠したらしいということは、妻の態度からなんとなくわかっていた。けれどいつが予定日だとか詳しいことは知らなかったため、私にとっては寝耳に水の出来事だった。

あのやわらかくてふにゃふにゃした感触が甦《よみがえ》る。そうか、孫か。喜びがじわりじわりとわき上がってきた。どんなに小さいのだろう、そしてどんなにか可愛いのだろう。

けれど娘は私のことを好きではないはずだ。私がそう告げると、妻は困った顔をしてみせる。

「そんなこと考えず、ただお祝いに行ってあげなさいな」

きっとあの子は喜びますから。妻の言葉を頭から信じるほど私は単純ではなかった。けれど今、私はその台詞《せりふ》にすがりたいと思っている。なぜなら。

私は人生で初めて、初対面の人間に愛されたいと願っているからだ。


悩みに悩んだ末、私はある結論に達した。そう。道に迷えばいいのだ。

迷い道のない人生を嫌った娘だからこそ、迷った人間にはあたたかく接するはずだ。

私は娘の住む部屋までの道のりを思いきり迷い、他人に全幅《ぜんぷく》の信頼を置いて道をたずね、思わず相手が胸襟を開くような人間になろう。

「いやあ、迷ってしまって」

時間に少し遅れて照れくさそうに言う私に対し、ぷっと吹き出す娘。その腕に抱かれた孫は、軽く汗をかいて赤くなった私の禿頭《はげあたま》を見て笑うだろう。夫だという男は、そんな私を「お義父《とう》さん」と呼ぶのだろうか。

しかしいざ迷うとなると、相当の努力が必要だった。なぜなら私は娘が住んでいるアパートの番地を知っているからだ。賀状に記してあったそれを頼りに、私は何度となく地図でアパートの場所を確認していた。だから実際に行かずとも、最寄りの駅からの道のりはそらで覚えている。そう、一つ目の角にガソリンスタンドがあり、二つ目の角にコンビニエンスストアがあることまで。

そこで私は非常手段として、あえて駅を一つ乗り過ごしてみた。ここから歩けば、きっと迷うに違いない。記憶していない駅に降り立ち、あえて隣町に続く幹線道路を避け、似たような家が並ぶ住宅街に入りこむ。携帯電話は持っていると地図の確認ができてしまうので、わざと家に置いてきた。

そうした用意周到な道のりを経て、私は今迷っている。誰はばかることのない、一人前の迷子だ。方向感覚を失い、遠くのビルを見ようにも密集した家が空を塞《ふさ》いでいる。さあ、これで見ず知らずの人間に声をかける準備が整った。あとは道に現れた人物に困り顔で近寄っていくだけだ。

なのに待てど暮らせど誰も通りかからない。平日の午後という時間帯がそうさせるのか、明るい日射しに満ちた住宅街に人の気配はなかった。娘の家を訪問する時間は刻々と近づいている。そろそろ歩き出さないと、度を超した遅刻になってしまうだろう。私はとにかく急がなければと足を速める。けれど速めたところで方向が合っているかはわからない。私は突然、不安になってきた。動悸を抑えながら、おろおろとあたりを見回す。わからない。自分がどこにいて、どの方向に進めばいいのかがわからない。これが本当の迷子という感覚なのか。

混乱した状態で、ふと嫌な考えが頭をもたげた。もしかしたらこれは迷子なのではなく、ただのボケなのではないだろうか。近隣の地図は覚えていたというのに、わざと外れたはずの幹線道路にたどり着けないなんて異常だ。脳の機能障害かもしれない。なぜだ。ここはどこだ。そしてどっちへ行ったらいいのだ。

むやみに歩き回ったせいで、汗がだらだらと流れ落ちる。不安を感じすぎたせいか口が渇き、入れ歯のにおいと共に口臭が漂う。自動販売機を探そうにも、見当たらない。しまいには涙と鼻水まで出てきた。

こんな私を、孫は愛してくれるだろうか。

物件案内

駅の改札を抜けて、ふっと息をついた。さて、どうしようか。駅前を見回すと、どこにでもあるような店ばかりが目についた。チェーン店のコーヒーショップ、ファストフード、コンビニ、ファミレス。軽くうんざりしかけたところで、駅前のロータリーからのびる商店街の入り口が私の興味を引いた。

ゆっくりと歩を進めると、頭上で古式ゆかしい造花の飾りがひらひらと踊っている。立ち並ぶ個人商店はどれも年季の入った建物ばかりで、全体的に茶色が多い。けれどあたりにはお茶を焙《ほう》じるいい香りが漂い、遠くからは八百屋が客寄せをする威勢のいい声が聞こえてくる。

ここがいわゆるシャッター商店街ではないことを知って、私は安心した。都心から急行で三十分。そのあと各駅停車に乗り換えて三駅。アクセスが悪くないわりに駅周辺の家賃が安いのは、ここがあまり特色もなくお洒落《しゃれ》でもない町だからなのかもしれない。

離婚して、家がなくなった。一人っ子だった私は幼いときに父を失い、残された母も数年前に他界したため実家という場所がない。それを知っている元夫は、今まで住んでいたマンションを譲ろうかと提案してくれたが、独り住まいには家賃が高すぎる。いつか子供が生まれたら家を買おうね。そんなことを話し合ってあの部屋を借りたのはいつだっけ。遠すぎて、いっそ前世の記憶のような気さえする。

子供がいない。親もない。親戚はいるけれども、ほとんど没交渉。要するにこれは、天涯孤独という状態に限りなく近づいてはいまいか。考えないようにはしているものの、私は時々叫びだしそうな恐怖感に襲われる。しかも三十代半ば。もう一度結婚するにしても、失敗はできない年齢だ。

色々な意味で崖《がけ》っぷちに立たされている私は、とりあえず早急に家と職を決めたかった。荷物をトランクルームに預けたままのウイークリーマンション暮らしは、貯金を無駄に消費しているようで気持ちが休まらない。

（もしこの町に住んだら、どんな暮らしになるだろうか）

商店街を眺めながら、イメージしてみる。遅く帰ってきてもコンビニがあるから困らない。街灯は明るいし、駅から離れた場所でなければ夜道もさほど恐くなさそうだ。なによりネットカフェで調べた家賃相場が、ここに住めと私に囁《ささや》いていた。

とりあえず不動産屋、と思って道を歩いているとまず有名なチェーン店が目についた。さらにもう少し歩くと、今度は個人経営らしき店が一軒。両方こぎれいな感じで、私はどちらに入るべきか悩んだ。チェーン店なら安心だろうけど、地元に密着している方がこの町のことを聞けそうだ。だったらまずチェーン店であたりをつけたあと、地元店で比べてみるのが妥当な線かもしれない。それぞれのウインドウに貼《は》り出してある物件情報をメモに取ったあと、私は一軒目の不動産屋を目指した。

明るいガラスのドアを前に、つかの間逡巡《しゅんじゅん》する。できるだけ冷静でいようと思ってはいるが、実は私は自分で物件を決めたことがない。結婚前までは実家で母と二人暮らし。新居は夫が決めてくれた。

（ひとりで、うまくやれるんだろうか……）

知り合いもいない土地で、そもそも部屋が借りられるのか。生活力がないからと、どうしようもない物件ばかりあてがわれたりしないだろうか。

（そのための用意でしょ！）

私は心の中で自分に言い聞かせる。仕事がなければ部屋を借りることはできないだろうと思って、早めに派遣会社に登録し、情報を打ち込むだけの仕事は手に入れてある。さらに保証人としては没交渉気味の親戚に電話をかけ、迷惑をかけないという前提で名前を借りる約束までしていた。

そのとき、いきなり背後から肩をつかまれた。

「……えっ？」

驚いて振り向くと、そこには小柄な年配の女性がいた。

「あんた」

「はい？」

毛糸のカーディガンに、つっかけたサンダル。頭はちりちりのパーマで、年齢は不詳。チェーンの不動産屋の職員には到底見えない。

「あんた、家を探してるのかい」

問答無用の圧力で、女性は私の目を見つめる。

「え、ええ、まあ……」

「だったら、ここじゃ駄目だ」

「はい？」

「ここに、あんたにぴったりの物件はないよ」

そう言って女性は私の肩をつかんだまま、くるりと方向転換させる。

「ついといで」

私の肩を小突くようにして離すと、女性は背中を向けてすたすたと歩き出した。

「え、ちょっと……」

戸惑いながらも、なぜか私はその女性の後をついてゆく。明らかに怪しいけれど、相手は年配だからという油断もあったかもしれない。

数分後、商店街を抜けたところで女性の足はぴたりと止まった。

「入んな」

そう言って顎《あご》で示したのは、さびれた一軒の不動産屋だった。

（なんだ。要するに強引な客引きか）

他の店の前で物件を見つめている客に声をかけ、あわよくば自分の店で契約を取ろうという考えなのだろう。

（でなきゃこんなとこ、あっという間に潰れそうだもんね）

勧められた椅子《いす》のクッションはぺちゃんこ。テーブルには昭和初期から使っていそうなビニールマットが敷かれている。女性は一旦奥に姿を消したと思ったら、湯呑みとファイルを手に戻ってきた。

（まあいいか。近所の雰囲気だけでも聞いて、断れば）

私は軽い気持ちで、女性がばさりと広げたファイルを眺めた。しかし。

「あんたにはこれかこれ。でなきゃこのあたりだね」

そう言って女性がざっと示した物件は、どれもひどく安いものばかりだった。

「え、でもこれって」

安いだけならいい。けれど風呂《ふろ》なしは嫌だし、廊下に面した窓がある古いタイプのアパートなんてもっと嫌だ。私が絶句していると、女性は銀縁眼鏡のつるをくいっと上げて言い放つ。

「あんたの言いたいことは手に取るようにわかる。だったら、これはどうだい」

女性が三番目に開いたページには、バストイレつきでマンションタイプの物件が載っていた。

「へえ……」

駅から徒歩八分で、このお値段。事前に調べてきた相場よりもずっと安い物件を見せられ、私は思わず身を乗り出していた。

「良かったらこれから、見に行くかい」

目の前で鍵をちゃらちゃらと鳴らしながら、女性はにやりと笑う。


結果的に言うと、部屋はとても良かった。リフォーム済みのワンルームは清潔で、文句のつけようがない。戸数が少なく、こぢんまりとした印象なのも気に入った。

「契約するかい」

うっとりと室内を見渡していた私に、女性が声をかける。

「そうですね……」

物件なんて出会いもの。偶然とはいえ、ここまで良い部屋が次に見つかる保証はない。そう考えた私は、思わずうなずいていた。

「んじゃ、とりあえずここに署名して」

言われるがままに、書類にサインする。多分手付け用の書類か何かだろう。

「一応ハンコも押しといて」

持ち歩いていた印鑑を押しながら、ふと書類を見つめる。ちょっと待って。『賃貸契約書』って書いてない？

「あ、あの！」

「はい、契約完了」

女性は朱肉を乾かすように紙をひらひらと振った。

「あ。言い忘れてたけどこの部屋、入居にあたって条件があるから」

「はあ？」

「一階に大家さん夫婦が住んでるんだけどね、週に一回そこへ夕飯を作って届けること」

なにそれ。私は衝撃のあまり言葉を失った。

「あの、私仕事があるんですけど」

「仕事がある人間は夕食を食べないとでも？」

「いえ、そういうわけじゃなくて」

「だったら一週間のうちたった一食、二人分多めに作るくらいわけないことだと思うがねえ」

わけないこと。腐っても主婦だった私にとって、それは確かにわけないことではある。

「身体《からだ》の不自由な大家さんにたった一回夕食を届けるだけ。それだけでこの値段、この部屋だよ？」

まあ……確かにお得な物件ではある。この値段で住むことができれば、私はあまり貯金を食いつぶすことなくいけるかもしれない。それに派遣に登録したとはいえ、この年齢では正社員としての仕事が早晩来なくなる可能性の方が高い。

（スーパーのレジ打ちでも、ここならまあかつかつでいけそうだし）

離婚したての今、濃い人間関係のマンションなんて正直うざったいと思った。けれど背に腹は代えられない。気持ちが微妙に揺らいできたところで、女性はだめ押しのように私の耳元で囁く。

「今なら、敷金礼金ゼロだよ」

私はそのままなし崩しに老夫婦の経営するマンションに越した。そして入居条件に従って、一週間に一回夕食を作っては大家さんの部屋に届けた。大家さん夫婦は実に温厚な人たちで、私が訪れるととても喜んでくれた。

「若い人がいるとなんだか華やいでいいわね」

本当は若くもない私だったが、二人の笑顔が嬉しくて何度も誘われるまま食卓を共にした。

「悪い！　明日クラブの合宿なんだ。一回だけ代わって！」

夜にそう言って扉を叩くのは、隣に住む大学生。他の入居者と曜日のローテーションを組むうち、私はいつしかここに住む人全員と仲良くなっていった。

(住めば都、とはよく言ったもんだわ)

ここに住みはじめてからはや二カ月。今では絶対にここを動きたくない、とすら思う。でもそれもこれも、あの不思議な不動産業者のおかげだ。

ある週末、商店街で久しぶりにあの女性と出会った。相変わらず毛玉の浮いたカーディガンに、サンダル履《ば》きでゆっくりと歩いている。

「あの」

声をかけると、女性は振り向いて私をじっと見つめた。

「ああ、あんたか。あそこは暮らしやすいだろう?」

「はい、とても」

答えながら、私はここしばらくどうしても気になっていたことを口に出す。

「ですけど――何故あんな物件ばかりを勧めたんです?」

安さが第一とはいえ、一癖も二癖もあるような物件。後でよく調べたら、同じようなタイプでもっと普通のワンルームだってあったのに。

すると女性は、にやりと笑って私の顔を指差す。

「人恋しい、って顔に書いてあったからさ」

「なっ、なんですか、それ!」

離婚の一件を見透かされたような気がして、私は激しく動揺した。けれど女性は動じることなく、さらりと言い放つ。

「ああ、気にするこたあないよ。あたしにはその人が求めてる不動産が見えるんだから」

「……は?」

「その人を見れば、どこに住めば一番いいのかわかるんだ。たとえばあんただと、とにかく寂しいって声が聞こえてきた。一人暮らしへの不安。でもお金は使いたくない。ついでに年長者に甘えたいって声がね」

だから安い値段の中から、大家が年寄りで、できるだけ人と接するような物件を選んでやったのさ。そう言って女性は笑う。

風呂なしなら嫌でもお風呂屋さんで人と触れ合い、廊下側の窓からは人の声や気配が伝わる。さらには庇護者《ひごしゃ》を失った不安まで見抜かれていたとは。

「占い、みたいなものですか」

到底信じられる話ではないが、現に私はその結果に満足している。

「まあそんなとこだね」

言いながら女性は、前を横切る男性を顎で示した。

「たとえばあの人なんかにゃ、かっちり揃《そろ》ったこぎれいなマンションでなきゃ駄目だ。できれば一括で買わせときたいね。数年後にどんとお金を失う運勢だから」

さらに若い女性を示して、

「あの子は東京に憧れてるくせに一年以内に田舎へ帰るから、値段にかかわらず都会っぽいマンションかね」

呆然としたまま、私は偶然通りかかったある人物を指差した。

「たとえばあの人なんかは、どう?」

「ああ、あれはいいいね。浮き沈みの少ない、安定した運勢が見えるから一戸建てを勧めたくなる」

私はその人の横顔をじっと見つめながらうなずく。

「性格も穏やかだから、近所トラブルもないだろう。よき家庭人になるね」

駅の売店で同じガムに手を伸ばして以来、ちょっと意識しているあの男性。三十代半ば。もう失敗はしたくないけど、一人でいるつもりもない。

私は女性ににっこりと笑いかける。

「いい物件を、ありがとう」

私はもう一度、女性の言葉に従ってみようと思う。なにしろ彼女の物件案内に、間違いはないのだから。

バスに乗って

重松清

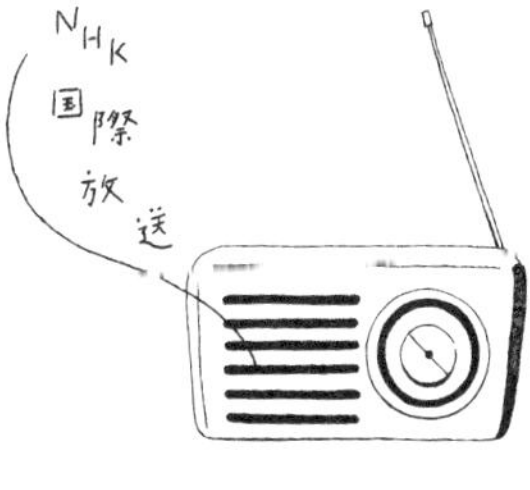

2014年5月24・31日初回放送

重松 清（しげまつ きよし）

1963年岡山県生まれ。91年『ビフォア・ラン』でデビュー。99年『ナイフ』で坪田譲治文学賞、『エイジ』で山本周五郎賞、2001年『ビタミンF』で直木賞、10年『十字架』で吉川英治文学賞、14年『ゼツメツ少年』で毎日出版文化賞を受賞。主な著書に『流星ワゴン』『疾走』『とんび』『どんまい』『木曜日の子ども』など。

生まれて初めて、一人でバスに乗った。

家族でデパートに買い物に行くときに、いつも使う路線だ。ものごころついた頃から、月に一度は乗っていた。五年生になってからは親と一緒にいるところを友だちに見られるのが嫌だったので、バス停でも車内でも、わざと両親と離れて——一人で乗っていた。

だから、だいじょうぶだ、と思っていた。だいじょうぶじゃないと困るんだ、とも自分に言い聞かせていた。もう五年生の二学期なんだから。同級生の中には、バスどころか電車にも一人で乗って進学塾に通っているヤツもたくさんいるんだから。

でも、いままでの「一人」と今日の「一人」は違っていた。『本町《もとまち》一丁目』のバス停に立っているときから緊張で胸がどきどきして、おしっこをがまんしすぎたあとのように、下腹が落ち着かない。

やっとバスが来た。後ろのドアから乗り込んで、前のドアから降りる。手順はすっかり覚え込んでいるはずだったのに、整理券を取り忘れそうになった。

『本町一丁目』の整理券番号は7。運転席の後ろにある運賃表で確かめると、整理券番号19の『大学病院前』までは、子ども料金で百二十円だった。家族で買い物に行くときは、いつも17番の『銀天街《ぎんてんがい》入り口』で降りる。子ども料金は百円。四年生までは、バスに乗り込むとすぐに整理券を母に渡し、母が少年のぶんもまとめて運賃箱に小銭を入れていた。五年生になってからは、バスに乗る前に百円玉を一つ渡されていた。

「落としても、お母さん、知らないからね」といたずらっぽく笑う母の顔を思いだした。二人掛けのシートの肩の部分にある取っ手を、強く握り直した。

バスはスピードを上げたかと思うと、すぐにバス停に停まる。そのたびに少年は停留所の名前を確かめて、『大学病院前』まであといくつ、と頭の中で数字を書き換える。降車ボタンを押しそびれてはいけない。整理券をなくしてはいけない。運賃箱の前でもたもたしてはいけない。財布から取り出すときにお金を落としてはいけない。

いまのうちに出しておこうか。百円玉一つに、十円玉二つ——コインが一つから三つに増えただけで、握り込んだ手のひらに力をグッと込めないとお金が落ちそうな気がする。

バスは中洲《なかす》のある川に架《か》かった橋を渡って、市街地に入る。西にかたむいた太陽が街ぜんたいを薄いオレンジ色に染めている。

次は大学病院前、大学病院前、と車内アナウンスが聞こえた。お降りの方はお手近のボタンを押して……とつづく前に、ボタンを押した。急いで通路を前に進み、バスがまだ走っているうちに運賃箱のそばまで来た。

「停まってから歩かないと」

運転手に強い声で言われた。「転んだらケガするし、他のひとにも迷惑だろ」——まだ若い運転手は、制帽を目深《まぶか》にかぶって前をじっと見つめたまま、少年のほうには目も向けなかった。


数日後、父からバスの回数券をもらった。「十回分で十一回乗れるから、こっちのほうが得なんだ」——十一枚綴《つづ》りが、二冊。

「だいじょうぶだよ」父はコンビニエンスストアの弁当をレンジに入れながら、少年に笑いかけた。「これを全部使うことはないから」

「ほんと?」

「ああ……まあ、たぶん、だけど」

足し算と割り算をして、カレンダーを思い浮かべた。再来週のうちに使いきる計算になる。

「ほんとに、ほんと?」

低学年の子みたいにしつこく念を押した。父は怒らず、かえって少し申し訳なさそうに「だから、たぶん、だけどな」と言った。

電子レンジが、チン、と音をたてた。

「よーし、ごはんだ、ごはん。食べるぞっ」

父は最近おしゃべりになった。なにをするにもいちいち声をかけてくるし、ひとりごとや鼻歌も増えた。

お父さんも寂しいんだ、と少年は思う。

回数券の一冊目を使いきる頃には、バスにもだいぶ慣れてきた。

「毎日行かなくてもいいんだぞ」

父に言われた。「宿題もあるし、友だちとも全然遊んでないだろ？　忙しいときや友だちと遊ぶ約束したときには、無理して行かなくてもいいんだからな」――それは病室で少年を迎える母からの伝言でもあった。

母は自分の病気より、少年のことのほうをずっと心配していた。自転車でお見舞いに行きたくても、交通事故が怖いからだめだと言われた。バスで通っていても、病室をひきあげるときには必ず「降りたあと、すぐに道路を渡っちゃだめよ」と釘《くぎ》を刺されるのだ。

「だいじょうぶだよ、べつに無理してないし」

少年が笑って応《こた》えると、父は少し困ったように「まだ先は長いぞ」とつづけた。

「昼に先生から聞いたんだけど……お母さん、もうちょっとかかりそうだって」

「……もうちょっと、って？」

「もうちょっとは、もうちょっとだよ」

「来月ぐらい？」

「それは……もうちょっと、かな」

「だから、いつ？」

父は少年から目をそらし、「医者じゃないんだから、わからないよ」と言った。

二冊目の回数券が終わった。使いはじめるとあっけない。一往復で二枚ずつ――一週間足らずで終わってしまう。

まだ母が退院できそうな様子はない。

「回数券はバスの中でも買えるんだろ。お金渡すから、自分で買うか？」

「……一冊でいい？」

ほんとうは訊《き》きたくない質問だった。父も答えづらそうに少し間《ま》をおいて、「面倒だから二冊ぐらい買っとくか」と妙におどけた口調で言った。

「定期券にしなくていい？」

「なんだ、おまえ、そんなのも知ってるのか」

「そっちのほうが回数券より安いんでしょ？」

定期券は一カ月、三カ月、六カ月の三種類ある。父がどれを選ぶのか、知りたくて、知りたくなくて、「定期って長いほうが得なんだよね」と言った。

「ほんと、よく知ってるんだなあ」父はまたおどけて笑い、「まあ、五年生なんだもんな」とうなずいた。

「……何カ月のにする？」

「お金のことはアレだけど……回数券、買っとけ」

父はそう答えたあと、「やっぱり三冊ぐらい買っとくか」と付け加えた。


次の日、バスに乗り込んだ少年は前のほうの席を選び、運転席をそっと覗《のぞ》き込んだ。あのひとだ、とわかると、胸がすぼまった。

初めてバスに一人で乗った日に叱《しか》られた運転手だった。その後も何度か、同じ運転手のバスに乗った。まだ二冊目の回数券を使いはじめたばかりの頃、整理券を指に巻きつけて丸めたまま運賃箱に入れたら、「数字が見えないとだめだよ」と言われた。叱る口調ではなかったが、それ以来、あのひとのバスに乗るのが怖くなった。たとえなにも言われなくても、運賃箱に回数券と整理券を入れてバスを降りるとき、いつもムスッとしているように見える。

嫌だなあ、運が悪いなあ、と思ったが、回数券を買わないわけにはいかない。『大学病院前』でバスを降りるとき、「回数券、ください」と声をかけた。

運転手は「早めに言ってくれないと」と顔をしかめ、足元に置いたカバンから回数券を出した。制服の胸の名札が見えた。「河野《かわの》」と書いてあった。

「子ども用のでいいの？」

「……はい」

「いくらのやつ？」

「……百二十円の」

河野さんは「だから、そういうのも先に言わないと、後ろつっかえてるだろ」とぶっきらぼうに言って、一冊差し出した。「千二百円と、今日のぶん、運賃箱に入れて」

「あの……すみません、三冊……すみません……」

「三冊も？」

「はい……すみません……」

大きくため息をついた河野さんは、「ちょっと、後ろのお客さん先にするから」と少年に脇にどくよう顎《あご》を振った。

少年は頬《ほお》を赤くして、他の客が全員降りるのを待った。お父さん、お母さん、お父さん、お母さん、と心の中で両親を交互に呼んだ。助けて、助けて、助けて……と訴《うった》えた。

客が降りたあと、河野さんはまたカバンを探り、追加の二冊を少年に差し出した。代金を運賃箱に入れると、「かよってるの？」と、さっきよりさらにぶっきらぼうに訊かれた。「病院、かようんだったら、定期のほうが安いぞ」

わかっている、そんなの、言われなくたって。

「……お見舞い、だから」

かぼそい声で応え、そのまま、逃げるようにステップを下りて外に出た。全然とんちんかんな答え方をしていたことに気づいたのは、バスが走り去ってから、だった。

夕暮れが早くなった。病院に行く途中で橋から眺める街は、炎が燃えたつような色から、もっと暗い赤に変わった。帰りは夜になる。最初の頃は帰りのバスを降りるときに広がっていた星空が、いまはバスの中から眺められる。病院の前で帰りのバスを待つとき、いまはまだかろうじて西の空に夕陽が残っているが、あとしばらくすれば、それも見えなくなってしまうだろう。

買い足した回数券の三冊目が――もうすぐ終わる。

少年は父に「迎えに来て」とねだるようになった。車で通勤している父に、会社帰りに病院に寄ってもらって一緒に帰れば、回数券を使わずにすむ。

「今日は残業で遅くなるんだけどな」と父が言っても、「いい、待ってるから」とねばった。母から看護師さんに頼んでもらって、面会時間の過ぎたあとも病室で父を待つ日もあった。

それでも、行きのバスで回数券は一枚ずつ減っていく。最後から二枚目の回数券を――今日、使った。あとは表紙を兼ねた十一枚目の券だけだ。

明日からお小遣いでバスに乗ることにした。毎月のお小遣いは千円だから、あとしばらくはだいじょうぶだろう。

ところが、迎えに来てくれるはずの父から、病院のナースステーションに電話が入った。

「今日はどうしても抜けられない仕事が入っちゃったから、一人でバスで帰って、って」

看護師さんから伝言を聞くと、泣きだしそうになってしまった。今日は財布を持って来ていない。回数券を使わなければ、家に帰れない。

　母の前では涙をこらえた。病院前のバス停のベンチに座っているときも、必死に唇を嚙《か》んで我慢した。でも、バスに乗り込み、最初は混み合っていた車内が少しずつ空《す》いてくると、急に悲しみが胸に込み上げてきた。シートに座る。窓から見えるきれいな真ん丸の月が、じわじわとにじみ、揺れはじめた。座ったままうずくまるような格好で泣いた。バスの重いエンジンの音に紛《まぎ》らせて、うめき声を漏《も》らしながら泣きじゃくった。

　『本町一丁目』が近づいてきた。顔を上げると、車内には他の客は誰もいなかった。降車ボタンを押して、手の甲で涙をぬぐいながら席を立ち、ウインドブレーカーのポケットから回数券の最後の一枚を取り出した。

　バスが停まる。運賃箱の前まで来ると、運転手が河野さんだと気づいた。それでまた、悲しみがつのった。こんなひとに最後の回数券を渡したくない。

　整理券を運賃箱に先に入れ、回数券をつづけて入れようとしたとき、とうとう泣き声が出てしまった。

「どうした?」と河野さんが訊いた。「なんで泣いてるの?」——ぶっきらぼうではない言い方をされたのは初めてだったから、逆に涙が止まらなくなってしまった。

「財布、落としちゃったのか？」

泣きながらかぶりを振って、回数券を見せた。

じゃあ早く入れなさい——とは、言われなかった。

河野さんは「どうした？」ともう一度訊いた。

その声にすうっと手を引かれるように、少年は嗚咽《おえつ》交じりに、回数券を使いたくないんだと伝えた。母のこともしゃべった。新しい回数券を買うと、そのぶん、母の退院の日が遠ざかってしまう。ごめんなさい、ごめんなさい、と手の甲で目元を覆《おお》った。

警察に捕まってもいいから、この回数券、ぼくにください、と言った。

河野さんはなにも言わなかった。かわりに、小銭が運賃箱に落ちる音が聞こえた。目元から手の甲をはずすと、整理券と一緒に百二十円、箱に入っていた。もう前に向き直っていた河野さんは、少年を振り向かずに、「早く降りて」と言った。「次のバス停でお客さんが待ってるんだから、早く」——声はまた、ぶっきらぼうになっていた。

次の日から、少年はお小遣いでバスに乗った。お金がなくなるか、「回数券まだあるのか?」と父に訊かれるまでは知らん顔しているつもりだったが、その心配は要《い》らなかった。

三日目に病室に入ると、母はベッドに起き上がって、父と笑いながらしゃべっていた。会社を抜けてきたという父は、少年を振り向いてうれしそうに言った。

「お母さん、あさって退院だぞ」


退院の日、母は看護師さんから花束をもらった。車で少年と一緒に迎えに来た父も、「どうせ家に帰るのに」と母に笑われながら、大きな花束をプレゼントした。

帰り道、「ぼく、バスで帰っていい?」と訊くと、両親はきょとんとした顔になったが、「病院からバスに乗るのもこれで最後だもんなあ」「よくがんばったよね、寂しかったでしょ? ありがとう」と笑って許してくれた。

「帰り、ひょっとしたら、ちょっと遅くなるかもしれないけど、いい? いいでしょ? ね、いいでしょ?」

両手で拝んで頼むと、母は「晩ごはんまでには帰ってきなさいよ」とうなずき、父は「そうだぞ、今夜はお寿司《すし》とるからな、パーティーだぞ」と笑った。

バス停に立って、河野さんの運転するバスが来るのを待った。バスが停まると、降り口のドアに駆け寄って、その場でジャンプしながら運転席の様子を確かめる。

何便もやり過ごして、陽《ひ》が暮れてきて、やっぱりだめかなあ、とあきらめかけた頃――やっと河野さんのバスが来た。間違いない。運転席にいるのは確かに河野さんだ。

車内は混み合っていたので、走っているときに河野さんに近づくことはできなかった。それでもいい。通路を歩くのはバスが停まってから。整理券は丸めてはいけない。

次は本町一丁目、本町一丁目……とアナウンスが聞こえると、降車ボタンを押した。ゆっくりと、人差し指をピンと伸ばして。

バスが停まる。通路を進む。河野さんはいつものように不機嫌な様子で運賃箱を横目で見ていた。

目は合わない。それがちょっと残念で、でも河野さんはいつもこうなんだもんな、と思い直して、整理券と回数券の最後の一枚を入れた。

降りるときには早くしなければいけない。順番を待っているひともいるし、次のバス停で待っているひともいる。

だから、少年はなにも言わない。回数券に書いた「ありがとうございました」にあとで気づいてくれるかな、気づいてくれるといいな、と思いながら、ステップを下りた。

バスが走り去ったあと、空を見上げた。西のほうに陽が残っていた。どこかから聞こえる「ごはんできたよお」のお母さんの声に応えるように、少年は歩きだす。

何歩か進んで振り向くと、車内灯の明かりがついたバスが通りの先に小さく見えた。やがてバスは交差点をゆっくりと曲がって、消えた。

マッサージ日記

東直子

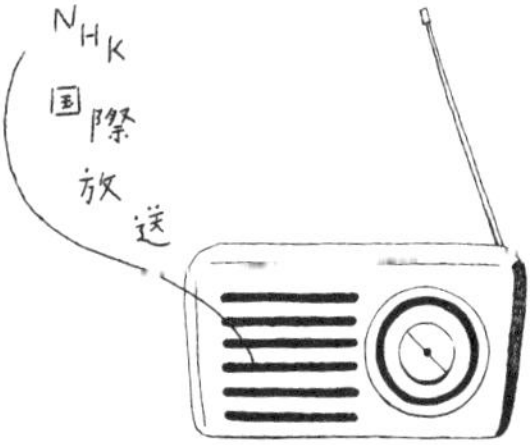

2016年10月15・22・29日初回放送

東 直子（ひがし なおこ）

1963年広島県生まれ。歌人として、96年「草かんむりの訪問者」で歌壇賞を受賞。2006年『長崎くんの指』（文庫化に際し『水銀灯が消えるまで』に改題）で小説家デビュー。16年『いとの森の家』で坪田譲治文学賞を受賞。主な著書に歌集『十階』や、小説『さようなら窓』『薬屋のタバサ』『晴れ女の耳』、エッセイ『いつか来た町』『七つ空、二つ水』など。

マッサージ

「いや、その、モノとかそういうのじゃなくてさ、その、なんとかさ、もう一回、おれを生き返らせてくれないですかね」

おれは、思わず身を乗り出した。

「ですから、再三申し上げておりますように、それは無理なのです」

「おれがいなくて、みんなすごく困ってると思うんだよね。なにしろ、急だったから。おれも、どうせなら、もうちょっと、段取りを踏んで……。ダメ？　じゃあさあ、誰か他の人間にとりつくっていうのは、どうかな。そうだな、おれがとりついたらもうちょっとましな人生になりそうな……」

「ダメです！　非生命体でなければ、とりつくしまには、できません！」

一喝《いっかつ》するように言われてしまった。なんだか叱《しか》られたような気がした。なにもそんな、とりつくしまもない態度をとらなくても、もっと柔軟な対応をしてくれてもよさそうなものなのに。

と、文句ばかり言っていても、らちがあかないようだな。

「……分かりましたよ。分かってますよ、もう、生き返れないことぐらい……」

おれは考えた。頭の中に、会社の自分のデスクが浮かんできた。目の前の席には、谷山《たにやま》がいた。あいつ、冴《さ》えない顔してたなあ、いつも。今ごろどうしてんだか。それでその横には、原西《はらにし》。こいつも……。

いやいや、会社の連中の顔など、もう見たくもない。おれにしか分からないことがあるから、今ごろあわててるだろう。気にならないこともないが、まあ、仕方がないか。おれだって、好きで急に死んだわけじゃないんだし。医者には、このままだと死にますよ、と注意されてはいたけど、まさかほんとにこんなことになるとは思いもしなかった。「このままだと死にます」の「このまま」が、どうすれば「このまま」ではなくなるのかを考えているうちに、「このまま」が過ぎてしまったのだ。

「まあ、とにかく」

おれは、冷静になって言った。

「そういうことなら、答は一つです」

「はい」

とりつくしま係も、しずかな声に戻った。

「家に帰ります。帰りたいです」

「家の中のモノになる、ということですね」

「そうです。家族のいる家に帰るのが、いちばん自然でしょ」

「そうですね」

「で、家の中のことを考えてみたんですけどね」

「はい」

「実は、家の中に自分の書斎をつくってたんでね、そこもいいかあとも思うんだけど、家族の誰も入ってこなかったら、意味がないじゃないですか。だから、家族みんなの様子が見えるという点で、リビングがもっともふさわしいと思うんですよ」

「はい、そうだと思います。それで、ご自宅のリビングのなにをとりつくしまになさいますか？　モノを一つおっしゃってください」

おれは、リビングの様子を思い出していた。

茶色の革張りのソファー。色が褪《あ》せて、ボロボロだったなあ。テーブルも、傷とシミだらけだった。部屋じゅうに、いつも雑誌やら新聞やらチラシやら洋服やら、なんだかわけの分からないものが、勝手気ままにちらかってた。

子どもたちがいいかげん買い替えて、とせがんでいた、ブラウン管のテレビも、画面がしょっちゅうちらちらして、調子悪かったなあ。色も緑がかってたし。

そうだ、そんな雑然とした冴えない部屋の中で、ひときわ存在感を放つ、あれがあったではないか。

「マッサージ器が、あるんですよ。足の先から頭まで、全身マッサージをしてくれるんです。座ってスイッチを押すとね、その人の身体《からだ》の大きさをまず一度計って、それに合わせてツボを計算してマッサージしてくれるの。すごいでしょ。けっこういい値段したんですよ。あれにとりついたら、おれが家族をマッサージしてあげられる。そしたらみんな気持ちよくなってよろこぶだろうし、おれもうれしいと思うんだよね」

「分かりました。あなたのご自宅のマッサージ器を、とりつくしまにいたしましょう」

とりつくしま係の手から、きらきら光る紙が一枚、現れた。

戻ってきた。おれは、帰ってきた。マッサージ器になって、家にいる。

しみじみとあたりを見まわして、おどろいた。目の前にあるソファーは、布製の新品に替わっているし、テレビも液晶のものになっている。使えるうちは、はんとうにダメになるまでとことん使えと、あれほど言っていたのに、おれがいなくなったとたん、こんなことに！

誰もいない部屋で憤慨していると、チーン、と澄んだ音がして、線香の香りがただよってきた。奥の和室で、妻の祥子《しょうこ》が手を合わせているのが見える。神妙な横顔。ちょっと痩《や》せたかな。

祥子、仏壇を拝んでいるんだな。おれの仏壇かあ。あそこはたしか、床《とこ》の間だったよなあ。我が家の、いちばんしずかな場所。あそこに新しくつくった仏壇を置いたんだな。

おれ、やっぱり、ほんとに、死んだんだなあ。こんなふうに、お祈りされてる身なんだ。

悪かった、祥子。その年で、一人にさせちゃって。まだ、子どもたちだって……。

「ちょっと、お母さん、お腹《なか》すいたよ。早くしてよ」

ん？　美穂《みほ》じゃないか。美穂、お父さん、ここにいるんだぞ。

「はいはい、ちょっと待ちなさい。ご飯は、まず仏さまにお供えしてから、って言ってるでしょ」

「どうだっていいよ」

「よくないわよ」

「あー、だるい」

言いながら、美穂がマッサージ器のおれを蹴《け》った。

おい、美穂……。

「じゃまっけなんだよ、これ」

「じゃまっけ」だって⁉　お父さんがこれを買ってきたとき、おまえ、お父さん、うれしい！　とか言ってすぐに使ってたじゃないか。気持ちいいって、叫んでたじゃないか。

「そうなんだよな、けっこうじゃまなんだよな、それ」

和人《かずと》じゃないか。おまえまで。

「テレビと一緒に、電器屋さんに引き取ってもらえばよかったのに」

「なに言ってるの、二人とも。お父さんの最後の大きな買い物だったのよ。使ってあげなさい」

使ってあげなさいって、そんな、頼まれてまで使ってもらわなくて、結構だ。それより和人、ズボンをだらしなく下げてはくなとあれほど言ったのに。美穂もなんだ、またそんな格好で学校にいったのか。スカートの下にジャージなんか着て、みっともないぞ。

これだから、この家はおれがいないと。

台所の方からおいしそうな匂《にお》いがしている。今日、祥子はなにをつくっているのだろう。

「お父さん、今日は煮物とインゲンの胡麻和《ごまあ》えですよ」

そうか。

心の中で答えてから、気がついた。今、おれが思ったことが聞こえて、祥子は返事をしてくれたのか？

いや、祥子は、マッサージ器のおれにではなく、正式なおれ（仏壇）に向かってつぶやいていたのだ。今日のおかずを、小さな器に入れて供えている。

上げ膳、据え膳。

生きていた間も、死んでからも、してもらってたんだなあ、ずっと。

しかし祥子、おれはもう、なにも食べられないよ。

そっちはもういいから、こっちに来て、おれに座れよ。疲れてるだろう、いろいろと。おまえの身体の凝《こ》っているところを、これまでの罪ほろぼし、というわけでもないが、いくらでもほぐしてやろう。

電子頭脳に、おれの魂が加わったんだ。誰にも、世界中の誰にも負けない、すばらしいマッサージをしてあげるよ。

しかし、祥子は、お供えを済ませると、おれに一瞥《いちべつ》もせずに台所の方にいってしまった。

食事のあと、和人と美穂がソファーでテレビをしばらく見ていたが、おれを使うこともなく出ていった。それぞれ自分の部屋にひきこもってしまったようだ。

使わないなら、邪魔なだけだよな、確かに……。

和人は大学生、美穂は高校生、か。

もう、家族全員でテレビを見たり、話したり、わいわいやる時期は過ぎてしまったのか。といっても、おれは毎日家族が寝静まったころにしか帰っていなかったから、どんなふうだったか、よく知らないが。

おれの人生ってなんだったんだろう。

誰もいない、リビングのうすやみの中で、おれは考えた。

窓の向こうに、たくさんの窓が見える。窓には灯《ひ》がともっている。青みがかった灯《あか》り、黄色い灯り、オレンジに近い灯《あか》り。人間が、生きて、活動している証しだ。

おれもついこの間まで、自由に灯をつけたり、消したりできる人間の一人だった。もう灯をつけたり、消したりすることはできない。そんなことは、とるに足らないことだが、こうなってみると、たいしたことでもあったのだ、と思う。

そんな、とりとめもないことを考え続けていると、急に部屋がぱっと明るくなり、窓のカーテンが勢いよく閉じられた。祥子だった。

「よいしょっと」

祥子が、おれに腰かけた。あたたかい。ああ、やっと来てくれたか。スイッチが押された。おれは動ける。よろこばしい。

おれは、祥子の身体のかたちをゆっくりと確かめる。そうだ、こんなふうだった。なつかしい。それにしてもおまえ、凝ってるぞ。肩も、腰も、ふくらはぎも。かたくなっているところには、自然と力が入る。すると、祥子が、ん、と小さな声をもらす。おれだけが知っている声だ。

ふと、祥子と出会ったころのことを思い出した。二十年以上も前になるな。祥子は、ぼんやりした感じの、色の白い女だった。

つき合い始めたのは、夏だったな。おれが買ったばかりの車で、あちこちドライブしたものだ。

かんかんに熱くなった車に乗って、クーラーをめいっぱい入れたときに、吹きだし口からごうごうと吹いてくる風が好きだと言っていた。あついねーと言いながら、気持ちよさそうに顔を近づけると、前髪が風に吹き上がって、おでこが丸見えになって、かわいかった。

海にいったとき、祥子の身体は、色白でむっちりしていて、生々しかった。浜辺に座って、足首を握っていたから、なんでか訊《き》いたら、太いから恥ずかしい、と言った。そういえば、いつも三つ折りの靴下をはいていたっけ。

おれたち、若かったよな。

夏の強い光に、白い肌がほてって真赤になった。お互いの鼻が赤くなって、笑い合った。

いつ、結婚しようって、思ったんだったかなあ。

結婚したら、すぐに子どもが生まれて、おれの仕事も忙しくなるばかりで、毎日、あわただしかったよなあ。

おれは、語りかけるように、祥子の身体を固い球体でもみほぐしつづけた。うなるようなおれの音と、小さな祥子の声が、しずかに、ひびきあった。

なあ、祥子、おれと結婚して、後悔したことはなかったか。一度でも、なかったか。いや、問いつめるというわけではなくて、おまえにとって、どうだったのかな、と思って。

おれは、結婚を、こんなカタチで終わらせてしまったわけだが、おまえは、これからも生き続けるんだよな。この部屋に、光をともして。

マッサージ器の規定の時間が過ぎ、おれは、止まった。しかし、祥子は、ずっと座ったままだった。

おい……。

「お母さん、やっぱりこんなところで寝ちゃってる」

美穂がいつの間にか、入ってきていた。

「ん……、寝てなんか、ないわよ」

祥子が、いかにも寝起きの声で答えた。

「うっそー、寝てたよ。いっつもそうなんだから。風邪ひいたらどうするの」

「はいはい。じゃあ、お母さん、お風呂《ふろ》にでも入ってくるわね。今、お兄ちゃん入ってない？ 美穂は入ったの？」

「うん」

祥子は、いつも、いちばん最後に風呂を使っていた。祥子の風呂は、長かった。風呂に入りながら、よく本を読んでいた。歌も歌っていた。でも、歌ってただろう、と言うと、歌ってないわよ、と、ムキになって言い返してきた。ほんとうに覚えがないらしかった。不思議な生き物だ、と思ったものだ。

しばらくすると、祥子が風呂を使う水の音が聞こえてきた。水の流れる音、はねる音。水の音は、こんなにも淋しいものだったのか。また歌でも歌えばいいのに。

「お父さんのバーカ」

美穂の声が聞こえて、はっとした。なんだ、いきなり。ずっとそこにいたのか。

美穂は、座りもしないで、マッサージ器のスイッチを入れた。

なぜ座らずに、スイッチを押すのだ。電気がもったいないではないか。そう思っても、スイッチを入れられると動くしかないのが機械の悲しいところである。おれはとにかく、架空の人物の身体に合わせて、動きはじめた。

抵抗がないので、さっきに比べて、うそのように軽々と動ける。しかし、むなしい。

美穂、おまえ、ここに座ればいいじゃないか。

「お父さんのバーカ」

また言ったな。まったく、誰のおかげで大きくなれたと思ってるんだ。

美穂は、マッサージ器にもたれかかるようにして床に座り、ひじあてのところにあごをのせた。そして、マッサージ器の動いているあたりに手をあてた。

「お父さん、もっと、使えばよかったのに。もっと、たくさん生きてさ。あたしが、使いにくいじゃん」

なにを言ってるんだ。別に、どんどん使えばいいじゃないか。おれは、おまえたちを気持ちよくしてやろうと思って、これにとりついたんだぞ。いいから、ここに座りなさい。

「ねえ、お父さん、気持ちいい？」

え？

気持ちいいもなにも、おれが自分で動かしてるんだが。

美穂の顔をじっと見てみた。美穂は、おれをぼんやりと見ている。いや、正確には、おれが座っているであろうあたりを、見ているようだ。そうか、おれがマッサージされているのを想像しているんだ。

大丈夫だ、美穂。お父さん、気持ち、いいぞ。こうしているだけで、十分、気持ちいいぞ。

おれは、まぼろしのおれのために、懸命に動いた。

日記

さりさりとした音が聞こえた。

濃い青いインクが、紙をこすっている。僕は、見慣れた万年筆の文字が、白い紙の上につらなっていくのを感じている。

一月一日
新しい年が明けました。今年は、年賀状は一通も来ず、お節《せち》料理もつくらず、初詣にも行きませんでした。

なによりも光《ひかる》さん、あなたがいない、淋しい淋しい、年明けでした。

香奈《かな》と二人きりで、誰にも会わずに過ごしました。

着物を着た人がたくさん出ているテレビを観ながら、香奈が「今日はなんの日?」と聞いたので、「お正月の日よ」と答えました。

よく晴れて、空気の澄んだ、風の強い一日でした。


くちびるをかたく結んで、神妙な顔をした希美子《きみこ》が見える。僕は、日記として希美子の言葉を読み取り、希美子の指にふれ、顔を見つめている。

今日は、元日なんだな。

僕が、この世から消えて最初の正月、か。

希美子の日記は、僕への手紙だ。一日の終わりの、いちばんしずかな時間にゆっくりと書かれる。僕たちの一人娘、香奈もぐっすりと眠っている、真夜中。

それに、と希美子が日記に書いたとき、うしろから香奈の顔がのぞいた。体じゅうの力が抜けて、今にも泣き出しそうな顔をしている。

「起きちゃったの?」希美子が香奈を抱き上げながら聞いた。

「おしっこ」

香奈は、目をこすりながらこっくりとうなずいて言った。

「はいはい」

希美子は笑顔を見せて香奈を抱きかかえ、部屋を出た。日記は、一時中断だ。

僕の日の前には、金の縁どりがある、えんじ色の万年筆が残された。僕が希美子に贈ったものだ。希美子の誕生日、二十四歳の、だったかな。

同じ職場に勤めていた僕が地方に転勤になったあと、希美子は一通の手紙をくれた。今どき手紙なんて、気持ち悪いと思われるかもしれないですが、と希美子が書いていたので、そんなことありませんよ、手書きの文字を読むことは少なくなりましたから、とても新鮮でなごみます、特に、たった一人で、見知らぬ土地にいる僕のような身には、と返事をした。

それは、ほんとうの気持ちだった。希美子の文字はやわらかで、眺めているだけでいやされた。

僕たちは、月に何度も手紙を送り合った。僕が何日も返事を書けずにいると、希美子からの手紙が先に届いた。

待ち切れなくて、と希美子は書いていた。でも、そのうちに「待ち切れなくて」という前置きなしに、僕の返事を待たない手紙は、どんどん届くようになっていった。

会社のことや、映画や本の感想、近所で見かけた犬や猫のこと、その日の食事のことや雲の形まで、その手紙には、なんでも書いてあった。

希美子の三通の手紙に対して僕が一通、といった割合で、僕たちは文通を続けた。希美子の書いた内容で、特に気に入った部分を僕があげて、短い感想を書いた。返ってくる手紙は、しずかな喜びに充《み》ちたものだった。

二年と三ヶ月。

二年と四ヶ月目からは、文通をやめた。一緒に暮らしはじめたからだ。

希美子が僕に送ってくれた手紙と、僕が希美子に送った手紙はすべて一つの箱に一緒に収められ、僕たちは結婚した。

「一緒に暮らしているのに、離れていたときの気持ちがここにあるのって、うれしいけど、照れくさいね」

希美子はそう言いながら、手紙を収めた箱に、結婚祝いのプレゼントについていた赤いリボンを結んだ。それ以来、そのリボンをほどいたことはない。少なくとも、僕が生きていた間は。

僕が死んだあと、希美子はあの箱を開けただろうか。

それに、という言葉を書いたまま、希美子は、その夜、日記の前に戻ってくることはなかった。香奈を寝かしつけて、そのまま一緒に眠ってしまったのだろう。

次の一月二日の日記は、「今日もよく晴れていたので、蒲団《ふとん》を干しました。お正月は、空気がいいので干しどきなんですよ」ではじまり、前の日の「それに」の続きは書かれないままになった。

僕は、きのうの夜の間ずっと「それに」の続きを考えていたのだが、希美子自身も、その続きがなんだったのか、忘れてしまったのだろう。

一月四日
今日は、仕事はじめの日でした。

正社員の独身の女の子はみんな、振り袖を着て出勤しました。社長がそうするように命じたそうです。三二歳の釜田《かまた》さんは、いい迷惑よ、という顔でそのことを話してくれましたが、入ったばかりの若い女の子はおおむねうれしそうでした。

もちろんあんな動きにくいものを着ていては仕事にならないので、新年の挨拶の会をしたあとは、午前中で正社員の人たちは、みんな帰ってしまいました。

私たち派遣社員は、着物着用なんていうヘンな義務は通達されなかったので、楽ちんでした。

午後、正社員がいなくなった職場で、のんびりといくつかの仕事をし、お茶を飲んだり、おしゃべりをしたりして、早めに帰宅しました。

保育園に香奈を迎えにいくと、広い教室の中に、数人の子どもたちが、ひっそりと積み木で遊んでいました。

まだ、お正月休みが続いているお母さんの方が多いのかな。

香奈、と呼んだときにふり返った顔が、あなたを朝起こしたときの顔にほんとにそっくりで、ちょっと笑えました。

夜になって、雨が少し降りました。


希美子は、僕と結婚するときに仕事をいったんやめ、しばらくしてから派遣社員として働きはじめた。

振り袖ねえ、と僕は、日記の言葉を反芻《はんすう》しながら思った。僕が社長なら、そんなこと、思いつきもしないな。

僕が生きていたら、夕ご飯を食べながら、そんな話をしたんだろうな。

ともかく、希美子は、年が明けてもつつがなく仕事をし、香奈を育てている。よいことだ。

二月三日

今日は、朝起きたら、一面の銀世界でした。

香奈が先に起きていて、窓に鼻がつぶれるくらい顔をくっつけて、じっと見ていました。ベランダ用のサンダルが雪で埋もれてしまったので、長靴を持ってきて遊ばせました。

今日がお休みの日でよかった。

だって、保育園の前の道、いまだに舗装されていなくて、どろんこになっちゃうから。

ベランダの雪で、小さな雪だるまを五つ、香奈と一緒につくりました。

目玉には、あずきを使いました。

明日の朝には、とけちゃってるかなあ。

二月四日
昨日の雪だるまは、とけないで、凍っていました。あずきの目は、全部落っこちていました。
今日は、とてもつめたい一日でした。
光さんが、私にプロポーズしてくれた日も、こんなふうにつめたい日だったな、と思い出しました。

希美子へのプロポーズ……。

赤い南天の実を拾ってわたした、あの日のことかな。

いつからか、手紙だけではなく、希美子本人が、僕に会いにくるようになって、僕のところに泊まるようになった。

あるとき、希美子が泊まった夜に雪がたくさん降りはじめ、朝起きたら、五センチほど雪が積もっていた。朝陽を照り返してまぶしい雪道を二人で散歩しながら、雪をかぶった南天の実を見上げたとき、「雪が白いから、赤い色がよけいに赤く見えるね」と希美子が言った。

僕は、ふと思いついて、その実を一つ、枝からもぎ取った。それから希美子の左手を持ち上げて、その薬指に南天の実をあてて言った。

「結婚しようか」

「なにこれ、婚約指輪のかわり?」

希美子は笑った。

「じゃあ、もらっておくわ」

希美子は、南天の実を右手で握って、ポケットに入れた。

「結婚しようね」

そう言うと、希美子は僕の腕に手をまわし、体重を少し僕にあずけてきた。僕たちは、親密に身体《からだ》を触れ合わせたまま、雪の道をしばらくなにも言わずに歩いた。

とても空気のつめたい一日で、そして、身体の中はあたたかな一日だった。

一生続いてもいいと思えた、あの、雪に囲まれた一日。希美子は、この日のことを、ずっと覚えていたんだな。

二月一五日
今日は、香奈の雛《ひな》かざりを出しました。例の、お内裏《だいり》さまとお雛さまだけの簡素なものだけど、箱はやたらと大きいので、天袋から出すのに一苦労しました。いつもはあなたが脚立《きゃたつ》に上って取ってくれて、私は、下で受けとる係だったものね。

香奈は、下で受けとってくれるには、まだ早いし。

天袋から、箱を半分取り出したところで、はて、そこからどうやって下に降ろしたものか、そのままの姿勢でしばらく考えてしまいました。

それでね、インドの人とかが、頭の上に物を載せて歩いているのを思い出して、箱の下に頭を移動させてみたの。それから、そうっと、落とさないように気をつけながら、そろそろと頭で運びました。

なかなかのものでしょう。

片づけるときも「頭を使う」ことを忘れないように、ここに書いておきます。

お雛さまってきれいね。表情がなくて。

香奈がお雛さまにご飯を食べさせようとするから、あわてて止めました。お雛さまは、ご飯は食べなくても二人でいるからしあわせで、おなかいっぱいなのよって、説明して。

そうしたら急に、パパはいつ戻ってくるの？　って聞かれて、答につまってしまいました。

だから、と希美子が書いたところで、万年筆が止まった。そして、「だから」の文字が二重線で消された。

陽射しがあたたかくて、春の匂《にお》いが少し、しました。

結局、こんな一行で、この日の日記はしめくくられた。

お雛さまを出したからだろうか、遠い昔、祖父母の家に遊びにいったときに感じた匂いが、かすかにする。

希美子は、おやすみなさい、と小さな声でささやいて、僕を閉じた。それからパチンと音がして、部屋が暗くなった。

僕はいつもこの瞬間に、ふっと立ち上がって、一緒に寝室へついていこうとしてしまう。

お酒を飲みながら長い時間話したあとに、そろそろ寝ようかと、二人で立ち上がったときみたいに。

無意識が、すぐに希美子に寄り添っていこうとするけれど、僕はもう、二度と立ち上がれないのだ。そのことを痛切に感じるために、希美子の日記として蘇ってきたのだろうか。

僕は、希美子の毎日の手紙を読むことができるのが、楽しみで、うれしくて、そして、沈痛だ。積み重なる、沈痛だ。

それでも僕は、希美子の心のそばにいられることを喜びたい。

今は寒い冬の中にいる。暖房の切れた部屋で、毛布もない状態の寒さを、僕は毎日感じている。でも、そのことは辛くはない。

僕はもう、あたたかくしていなければ生きていけない恒温動物ではないのだから。

今の僕にとって、あたたかさなんて、意味のないことだ。

では、意味のあることって、なんだろう。こうやって、希美子の手紙を感じて、一体なにをしようとしているのだろう。

三月二一日

今日、やっとお雛さまをしまいました。

ほんとうは三月三日のうちに、と思っていたのだけど、なんとなく今日までずっと飾りっぱなしにしてしまいました。

いけない、いけない、香奈がお嫁にいくのが遅くなってしまうわね。

なんていう冗談（？）も、もう古いかな。

今日、うちに遊びに来てくれた柿本《かきもと》さんが、いいお顔のお雛さまねって、褒《ほ》めてくれました。そして、一人で出し入れするのはたいへんでしょう、と言ってくれたので、ここぞとばかりに手伝ってもらって、やっと片づけたのです。

だから、今度は、頭を使わずにすみました！

箱の中に入れるときに、丁寧に梱包されたお雛さまの頭を、香奈がなごりおしそうに、ひとさし指でなでてました。

「おひなさまは、はこのなかでもしあわせ？　二人でいるから？」って聞くので、ちょっとしんとした気持ちになったけど、「そうよう、箱の中でもふたりっきりなのよう、しあわせよう」と柿本さんが大きな目をさらに大きくして、おおげさに言って、香奈を笑わせてくれました。

柿本さんは、希美子の大学のときのサークルの先輩だ。近所に偶然越してきたことが分かって、ときどきお互いの家を訪ねあっていたようだ。

一度だけ、会ったことがあるな。おおらかなキャリアウーマンって感じだった。たしかに、いつもなにかに驚いたような大きな目をしていたなあ。まだ独身だったっけ。

こういう人がときどき遊びに来てくれるのは、ありがたいことだ。

扉の向こうから、ピアノの音が聴こえてきた。「トロイメライ」だ。希美子が眠れない夜にかけている曲。

希美子は、トロイメライを聴きながら、ほんとうはなにを考えているのだろう。日記に書かれているたわいのないエピソードの数々をたどりながら、僕はふと、そう思った。

毎日は、たわいもなくて、とりとめもなくて。でも、それだけなのだろうか。

僕がぼんやりと思っていたことの答が、ある日の日記に、刻まれた。

○月○日

光さん、今日は、あなたに報告しなくてはいけないことがあります。

私ね、恋人がいるんです。光さんに会う前からの知り合い、というか、高校の時の同級生で、あなたがいなくなったあと、とても力になってくれた人です。

香奈もよくなついていて、すごく、いい人なんです。

以前から、一緒に住もうと言ってくれていて、ずっと迷っていたのですが、今日、とうとう決心しました。

この人と、新しい人生を歩んでいこうって。

香奈にも、私にも、この人が必要なんだって。私も香奈も、この人に必要とされてるって。

ずっとここで書けなくて、ごめんなさい。

私、ひきょうだったね。

今でも、光さんのこと、愛している気持ちには、変わりはありません。

でも、この先の人生は、一度、光さんときちんとさようならをしてから進みたいと思うのです。

そのことを、今日、決めました。

今まで見守ってくれて、ありがとう。ほんとうにありがとう。

光さんへのこの日記、今日で最後にします。

新しい家には持っていけないので、明日の朝、庭で焼いてしまいますね。


僕は、驚いた。

あまりにショックで、しばらくなにも考えられなくなった。

希美子は日記を書き終えて、万年筆を置き、電気を消して出ていった。僕は、真っ暗になった部屋で、ただただただぼうぜんとしていた。

そのうちに、夜が明けてきた。

カーテンごしに、きらきらと差し込んでくる朝陽を浴びていると、僕はやっと気持ちが落ち着いてきて、すっきりしてきた。

希美子、それでいいよ。それがいい。

僕は、君が香奈と一緒に新しい一歩を踏みだしてくれることを確かめたくて、ここにきたんだと思う。

そんなふうに気持ちが整理できたのを待っていたかのように、希美子が部屋に入ってきて、カーテンを開けた。

朝の光をぞんぶんに浴びた希美子は、とてもきれいだ。迷いをふっきって、凜《りん》としている。希美子は、僕を手にとると、じっと見つめた。そして、眉《まゆ》をかすかに下げて微笑《ほほえ》んだ。

僕は、永遠に、君の最初の、夫だよ。

希美子に、そう言いたかった。

僕は、希美子に抱きしめられた。

抱きしめられたまま、希美子が日記を書いていた部屋から初めて出て、庭に降りた。庭には、僕たちの手紙を収めた、あの箱が置いてあった。

希美子は、箱を結んでいるリボンの下に、僕をはさみこんだ。僕の胸に、赤い十字が飾られた。空を見上げていると、希美子の手から枯葉がさわさわと大量に降ってきた。

枯葉は、しばらくすると、赤い炎に変わった。希美子が火をつけたのだ。

炎は、すぐに僕に燃え移り、リボンを焼ききった。解放された僕は、一枚一枚めくれ上がりながら、燃えていった。

僕の下では、僕らの手紙が燃えている。

僕と君が交わしたたくさんの言葉が、燃えていく。煙になっていく。

炎がゆれている。ゆれている。ゆれている。

僕は、遠のいていく意識の中で、炎の向こうにいる希美子へ、最後の言葉を、思った。

おめでとう。

アンデスの声

宮下奈都

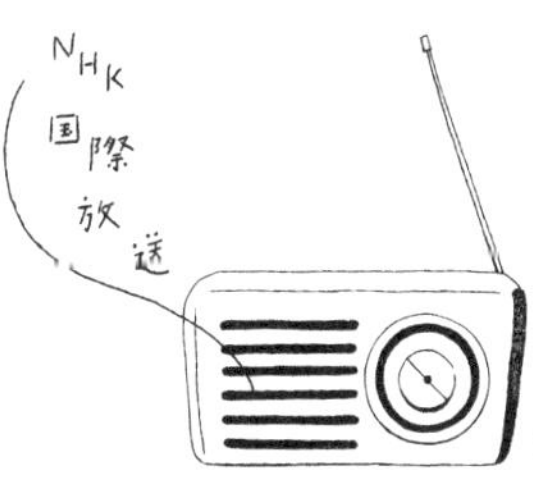

2017年1月21・28日初回放送

宮下奈都（みやした なつ）

1967年福井県生まれ。2004年「静かな雨」で文學界新人賞佳作に入選しデビュー。16年『羊と鋼の森』で本屋大賞を受賞。主な著書に『スコーレNo.4』『よろこびの歌』『太陽のパスタ、豆のスープ』『誰かが足りない』『たった、それだけ』『つぼみ』や、エッセイ『神さまたちの遊ぶ庭』『とりあえずウミガメのスープを仕込もう。』など。

じいちゃんにカレンダーはいらん。

祖父はよくそういって胸を張り、天を仰いだ。一年じゅう日に焼けていて、顔には深い皺《しわ》が刻まれ、手は節《ふし》くれ立って大きい。口数は少なく、愛想もないけれど、不親切ではない。私が話しかければ茶色い瞳《ひとみ》に穏やかな光をたたえてじっと聞いてくれる。大きくはない身体《からだ》は引き締まって逞《たくま》しく、祖父さえいれば芯《しん》から安心することができた。

カレンダーはいらん。それは、何十年にもわたる田畑仕事の間に季節の移りかわりの刻み込まれた身体ひとつあれば、という意味だったかもしれないし、十二か月の、三十一日の、今日がどの日であろうと変わりはないということなのかもしれなかった。

祖父は生まれ育った地元からほとんど出たことがない。同じ村の幼なじみだった祖母との新婚旅行も県内の温泉だったという。それを聞くと祖母のこともかわいそうになってしまうけれど、祖父と祖母、彼ら自身は特にそれを不満に思う様子も見せず、歳《とし》をとってからも田畑仕事に精を出してきた。八十近いこの歳になってさえ、お盆とお正月にしか休まない。

お正月休みとお盆休み。文字通り、年にたった二日間だけの休みだ。元日に一日、八月十五日に一日。あとは、日曜だろうが祝祭日だろうが、一日も休まない。毎朝六時には田畑に出て、お昼まで働く。いったん家に帰って昼食を食べ、短い午睡《ごすい》の後また田畑へ出る。帰宅は日が暮れる頃だ。お風呂《ふろ》に入り、お酒を一合だけ飲み、夜のとば口に差しかかる頃には蒲団《ふとん》に入って寝息を立てている。カレンダーなど、たしかに必要ないのかもしれない。

祖父母の間に子供は三人。もうひとり生まれたけれど育たなかったそうだ。その子も含めて上から三人男の子が続き、最後に生まれたのが私の母だった。

「末の女の子だかららって大事にされた覚えは全然ないのよ」

母が話してくれたことがある。

「大事にされたどころか、田んぼの仕事毎日毎日手伝わされて、友達と遊ぶ時間もなかったわ」

母の口調はだんだん熱を帯びた。

「宿題なんかやらなくていいから手伝えって。田植えや稲刈りの忙しい時季には学校休んで働かされることもあったんだから」

そうして母は、いつしか家を出ることばかり考えるようになったらしい。

母が中学生になる頃には、周囲の様相も変わった。それまで農業収入がほとんどだった村に町から資本が入り、多くの世帯主が外へ働きに出ることになった。専業農家は減り、辺りは兼業農家ばかりになった。当時、学校のクラス名簿には名前と住所、電話番号、それに保護者の職業も載ったそうだ。そこに「農業」と記されているのが何より恥ずかしかったと、そういえば前にも聞いた覚えがある。

それでも、その農業に兄妹《きょうだい》は育てられたのだ。兄はふたりとも大学を出、妹である母は短大を出た。そして、誰も田畑を継がなかった。

なんや今日は、えれえ。

そうひとことだけいうと、祖父は土間で頽《くずお》れたのだという。

知らせを受けて、言葉を失ったのは母ではなく私のほうだ。

「じいちゃんが」

受話器を持ったまま母を振り返り、その後は声が続かなかった。

「なに、じいちゃんが、どうしたの」

切っ先の鋭い風のような声で母はいい、私の手から受話器を取ると、電話の向こうの祖母とてきぱきと話をした。その間、私は受話器を渡したときの、片手を母のほうへ伸ばしたままの恰好《かっこう》で立ちすくんでいた。

「だいじょうぶ、意識はあるって」

電話を切ると母は殊更《ことさら》に明るい声をつくり、

「食べかけのごはん、早く食べちゃって。一緒に病院へ行くでしょ」

といった。ごはんなんか食べてる場合じゃない。そう思ったけれど、母はじいちゃんの実の娘だ。孫の分だけ遠慮が入った。母がごはんを食べてからというなら、食べてからだろう。私はぼそぼそと白米を嚙《か》んだ。

お正月に泊まりに行ったときは、ふたりとも元気だった。母と私とで前日に数種類だけつくったお節《せち》料理は、祖母の手製のどーんとした煮物や煮豆や昆布巻きに比べると、ちまちまとおままごとのような出来にしか見えなかったのに、

「違った味が入るとそれだけで賑《にぎ》わうのう」

と祖母は目を細めた。祖父は黙って食べていた。

考えてみれば祖父ももうすぐ八十だ。身体の具合の悪いところがあったとておかしい歳ではない。そう頭では思っているが、そんなはずがない、と胃が跳ね返している。じいちゃんが倒れるわけがない、と心臓が強く訴えている。

「とうさんも、もう八十だから」

白い軽自動車の運転席で母がいい、

「そうだよね、じいちゃんも八十なのかもしれないね」

と私はいった。わけのわからない返事だと自分でも思う。じいちゃんが倒れたなんてやっぱり何かの間違いだという気がしている。

祖母から知らせを受けたとき、目の前にぱっと広がった光景があった。古いファイルがクリックされ、カチッと動画が開かれる。そんな感じだった。ファイルがあった

ことも忘れていた。ずいぶん長く更新されることもなかった。それなのに、こんなに鮮やかだ。

青い空をバックに高い山がそびえ、裾野《すその》から澄んだ湖が広がっている。湖の畔《ほとり》には赤い花が咲き乱れ、そこに群がるように虫や小さな鳥が羽ばたいている。

その鮮やかな映像は、浮かんだときと同じくらい唐突に姿を消し、あとは頭を揺すってみても目を閉じてみても、うっすらと残像が浮かぶばかりで焦点を合わせることはできなかった。

どこだろう、と私は車の助手席で考えた。いつか、たしかに見た景色だ。でも思い出せない。あの高い山は、富士山だろうか。印象としては、もっと鋭角で、高い。手前の湖と、畔に群生していた赤い花は、と思いを馳《は》せたとき、何か別の赤い花が記憶の底から浮かび上がってくるのがわかった。

子供の頃、私は二度、母以外の人と暮らしたことがある。一度目が祖父母だった。子細《しさい》を覚えているわけではない。預けられた事情も、時期も、期間も、確かめていない。私は母と離れ、田舎の大きな家で祖父母と暮らした。

その軒先から見渡せる田畑を今でもくっきりと思い浮かべることができる。あれは、まだ小学校に上がる前の、たぶん春先だ。

母が手を振って去っていった後の縁側に私は腰かけていた。庭といっても農作業をするのに必要なだだっ広い場所で、そこには子供の喜びそうな色味のあるものなどひとつも見つけられそうになかった。

庭に積み上げられた薪《まき》をぼんやり眺めていた私は、そのずっと向こうに何かがあることに気づいた。風が吹いたとき、何か色のついたものが動いた気がしたのだ。私は立ち上がり、垣根の向こう側一面に赤紫が広がっているのを見た。縁側から滑りおり、踏み石の上に並べてあった履き古された草履《ぞうり》をつっかけた。そうして庭の端まで駆けていき、垣根の隙間《すきま》から伸び上がって向こうをのぞいた。

そのとき眼前に広がった光景が、今、ゆらゆらと立ち上ってきている。

曇った早春の空の下に赤紫色が風に揺れていた。ぱちんと世界が切り替わったような、そこだけが生きて動いているような見事な赤紫だった。

「あれか、あれはレンゲ草や」

庭先に出てきた祖父が教えてくれた。どうやらそれは赤紫色の花らしかった。

「あんなもんのどこがめずらしいんや」

そう首を捻《ひね》った祖父も、

「じいちゃんちはお花畑があっていいね」

私に跳ねまわられて、やがてつられて笑顔になっていった。

「瑞穂《みずほ》の好きなだけ摘《つ》んでいいよ」

祖母もにこにことうなずいた。私は夢中になって抱えきれないほどのレンゲ草を摘んだ——はずだ。正直にいうと、摘んでいるときのことは覚えていない。祖父がいて祖母がいて、あたり一面の赤紫とむせかえるような土の匂《にお》いがよみがえるだけだ。

花は楽しみのために作っているのではなく、田んぼの土の栄養のために裏作で植えられているのだとずいぶん後になってから知った。あの赤紫は、田植えの時期になると鍬《くわ》で土の中に鋤《す》き込まれてしまうという。


いっときだけ、父とも暮らした。母と私の家へときどきやってくる父は遠い街に住んでいた。そこへ、母と共に引っ越したのだ。荷造りした鍋や薬缶《やかん》や服や本をトラックに載せ、母と私は電車で行った。何時間もかかって着いた街には、高いビルがしゃきんしゃきんと建っていて目がまわりそうだった。人が多すぎて息が苦しい。ほんとうにこんなところに人が住めるのかと不安が膨らんだ。その街にいる間じゅうずっと、不安が萎《しぼ》むことはなかった気がする。

半年ほどで元通り父とは別れて暮らすことになった。これで戻れる。私が真っ先に感じたのは、これで戻れるという静かなよろこびだった。ようやく友達ができはじめていた小学校をまた転校するさびしさや、父のいない子供に戻る体裁の悪さは後からゆっくりと追いかけてきた。

そのときに、胸の奥に赤い花が咲いていた。赤い花のところへ帰れる、となぜだか私は思ったのだ。それを今、不意に思い出している。病院へと走る車の窓に、暗い水田が映る。あの頃はこの辺もレンゲ草だらけだった。ここで無数の赤い花が風にたなびいていたはずだ。

そうして小さな違和感に気づく。何か大事なことを忘れている。戻っておいでと叫んでいる。私が、ではない。私の中の赤い花が、だ。揺れる赤い花が頭からはみだし、眼の裏側までこぼれてきたときにはっとした。この花は違う。赤いけれどレンゲ草ではない。

なんだろう、この花は。青い空に映えて揺れる花は、レンゲ草のように華奢《きゃしゃ》ではない。もっと花びら全体が赤くて迷いがない。そして、濃い匂い。甘くしびれるような匂いを放っている。誘われるように羽音が近づく。虫や鳥が集まってくる。

祖父の病室は二階のナースステーションのすぐ脇《わき》だった。容態が落ち着くまで、頻繁に様子を見るためなのだろう。引き戸式の扉は開け放たれ、祖母の姿はなかった。中のベッドに小さな人が寝ている、と思った。それが祖父だった。

声をかけるのがためらわれるほど、薄掛けをまとった身体は小さく萎んで見えた。母も同じ気持ちだったかもしれない。私たちは何もいえずにベッドに近づき、眠っている祖父の顔を見下ろした。

いつのまに、こんなに枯れてしまったんだろう。気づくと、涙がにじみ出てきていた。いけない、ここは泣くところではない。そう思って唇を噛んだけれど、鼻の奥がつーんとしている。

そのとき祖母が病室に入ってきた。

「来てくれたんか」

にこにこしている。

「だいじょうぶやっていったやろ。ただの過労やって」

そういいながらベッドの脇の折り畳み椅子《いす》を引き出し、こちらに勧めてくる。

「いいよ、自分でやれるよ」

祖母も小さくなった。ただ、深い皺が寄ってはいても、ふっくらとした頰《ほお》は張っている。それを見て少し安心した。

ところが母が泣いていた。声も立てずはらはらと涙を流している。ごめんなさい、といっている。聞こえないふりをした。泣いたり謝ったりするのは違うと思った。でも、それは私が小さくなった祖父の孫であるからで、娘にはまた別の思いがあるのかもしれない。老いた両親と離れて暮らすことに母は呵責《かしやく》を感じていたのだろうか。あるいはまだ他に謝らなければならないようなことがあったのだろうか。

面会時間が過ぎ、自分が付き添うと頑《かたく》なに主張する母を病室に残し、私は祖母とあの大きな家に帰ることにした。助手席の祖母はやっぱり小さかった。シートベルトが包帯みたいで痛々しい。

祖母とふたりで戻った家も小さく感じられて私は戸惑った。古い農家だから、立派だとはいわぬまでも堂々としていた。それがなんだか急にみすぼらしく見えてしまう。その、みすぼらしいという言葉に自分でぞっとする。貧しいとか、ちっぽけなとか、そういうのとは違う。襖《ふすま》が煤《すす》けているような感じ、電灯の笠《かさ》の上の埃《ほこり》が拭《ぬぐ》い切れていない感じ。歳をとったふたりには大きな家が手に負えなくなっているのだ。家が悪いのではなく、つまり、住む人が家に追いつかなくなった。

翌朝、しばらく迷ったけれど、会社を休むことにした。祖父の具合は悪くはなさそうだし、この家からでも出勤できないわけではない。それでも、もう少しここにいて祖母の役に立ちたかった。私はあの頃の何もできない幼児ではない。祖母にはきつくなった掃除の手伝いくらいはできる。それに、ここにいる間に赤い花の呼ぶ声をもう一度聞きたいとも思った。

赤い花、赤い花、と歌うように繰り返しながら私は欄間《らんま》や高い簞笥《たんす》の上にはたきをかけ、障子《しょうじ》の桟《さん》を拭《ふ》き、床に雑巾《ぞうきん》をかけた。家はまだまだ半分もきれいにならない。赤い花の正体もつかめない。レンゲ草より大きくて、華やかで、甘い匂いがする。祖母に聞いても知らないという。

久しぶりにこの家の中をじっくりと見てまわって、台所に日めくりカレンダーがかけてあることに気がついた。一日に一枚、花の絵が描かれ、あとは日にちを表す数字と、その横に小さく曜日が入っているだけだ。カレンダーはいらん、といっていた祖父の力強かった口ぶりを思い出す。

そうだよね、と私は光の射さない台所でコップに水を汲《く》みながら、声に出してみる。祖父がカレンダーを気にしなかった分、祖母がひそかに気をつけなければならなかったこともあったろう。一日分の日にちと、隣に曜日が寄り添うように書かれたカレンダーは、一日一日だけを眺めて暮らしていた祖父母によく似合った。

午後の面会時間を待って病院を訪ねると、祖父も母も静かな顔をしていた。念のために祖父はしばらく入院することになるそうだ。

「なんでもねんや、大げさなんや」

祖父は寝たまま笑ってみせ、それから真顔になって私にいった。

「瑞穂、仕事はどうした」

「あ、今日はちょっと」

「休んだんか」

祖父の太い眉《まゆ》が寄せられる。気に入らないのだろう。

「明日は行くよ」

私がいうと、傍《はた》から祖母も口添えしてくれた。

「じいさんを心配して休んでくれたんやがの」

「おまえの仕事ちゅうのは、ほんないい加減なものなんか」

これならだいじょうぶだ、と私は思った。いつもの祖父だ。

それで、その日の晩、母と私は町へ帰った。判断を間違えたとは思わない。祖父自身がそれを望んだ。

次に面会に行ったとき、祖父は急速に衰えて、一日の大半を眠って過ごすようになっていた。祖母から容態の説明を受けながら、私はきっと泣くまいと心に決めた。そう決めておかなければ泣いてしまうかもしれない。働きづめで身体を壊し、入院してから初めて駆けつけて泣くようなつまらない娘と孫しか持たない祖父が不憫《ふびん》だった。

それなのに、祖父の寝顔は思いがけず穏やかで、折れそうな気持ちを支えてくれる。

「今まで休まなさすぎたんだよ、少しゆっくり休んだらいい」

動揺が少し落ち着いたところで、私は祖父にささやいた。聞こえているのか祖父の頭が小さく揺れる。

「それでまた元気になったら、いっぱい働けばいいじゃない」

あわててつけ足す。祖父ならそれを望むと思ったからだ。

すると、祖父は目を覚ましたらしい。うっすらと瞼《まぶた》を開き、私を認めてかすかに微笑《ほほえ》んだ。唇が薄く開く。何かをいおうとして震える。

「なに？　じいちゃん、水？」

祖父の口もとに耳を近づけると、祖父は小さい声で、でもはっきりといった。

「……キト」

「え、ごめん、なんていったの」

「キ、ト」

よく聞き取れない。困って傍らの祖母に助けを求めようとしたその瞬間、あ、と思った。キト。するするっと記憶のファイルが開いた。むかし、祖父の口から何度も聞いたキト、街の名前だ。

「そうだ、じいちゃん、よくキトのこと話してくれたよね」

古いファイルの中から、街の名前と、高い山と、抜けるような青空、甘い香りを放つ赤い花が飛び出してくる。

「キトで遊んだの、楽しかったね」

祖父は満足そうにうなずいた。

祖父母の家に預けられていた頃のことだ。祖父は夕餉《ゆうげ》の後、私を膝《ひざ》の上に抱えて、キトという街の話をしてくれた。

その街は古代から栄えた都市で、赤道直下にあるのに、標高が高いため暑くもなく寒くもない。一年中気温が安定していて、晴れた空には富士と見紛《みまが》う美しい山がそびえている。めずらしい鳥が飛び交い、鮮やかな花が咲き乱れ、木々には赤い大きな実がなっている。祖父はまるで見てきたかのように街の様子を話し、幼かった私は夢中で聞いた。その街の澄んだ空気を胸いっぱいに吸った気がする。

祖父母の家を離れてからも、キトは私をなぐさめてくれた。母の帰りの遅い晩、ひとりで蒲団に入って空想の街で遊んだ。その街にはちょうど私と同じ年頃のきれいな女の子も住んでいて、すぐに仲よくなって走りまわった。さびしいときはいつでもキトへ飛べばよかった。

その、キトだ。いつから忘れていたんだろう。長い間、思い出すこともなかった。

赤い花の影が脳裏に浮かんでからでさえも、レンゲ草までしか遡《さかのぼ》ることができなかった。祖父は今、静かに眠っている間にキトで遊ぶことができているんだろうか。それは、いいことなのか、さびしいことなのか、私にはわからない。

今夜はそばについていたいという私の申し出は母に却下された。

「だいじょうぶ、すぐにどうこういうことはないって」

私の背を押す母の目には光がない。

「それより、ばあちゃんをお願い、瑞穂がしっかりついていてあげて」

そのとき、祖父が何かをいった。

「なあに？　じいちゃん、どうしたの？」

「ベリカード」

祖父がかすれた声を出す。

「ばあちゃんに聞け。ぜんぶおまえにやる」

そういって祖父はまた目を閉じた。なんのことだかわからなかった。ばあちゃんに聞けといっていたけど、聞かれた祖母だって困るだろう。

ところが家に帰ると、祖母は思いがけずあの街の名前を口にした。

「キトやと、懐《なつ》かしいのう」

「ばあちゃん、キト、覚えてるの？」

祖母は意外なことをいった。

「覚えてるもな、キトやろ、忘れたりせんわ」

「キトって、むかし、じいちゃんが話してくれたお話に出てくる街だよね？」

「ほや、きれいな街やったの。エクアドルの首都やとの」

「エクアドル？　って、南米の？」

「赤道直下ちゅうてたな。ほや、ベリカードやったの、えんと、銀の缶に入ってたはずやけど」

祖母は黒光りする簞笥の抽斗《ひきだし》を上から順に開けはじめた。私の中のキトがぐらりと傾《かし》ぐ。

「キトって、じいちゃんの頭の中の街じゃなかったの」

自分の声が聞き取れない。たしかに、キトはあった。祖父の頭の中だけでなく、私の頭や胸やきっと血液の中にもキトは入り込んでいただろう。祖母も、もしかしたら私たちふたりの会話を聞いていたかもしれない。だけどそんな話とは明らかに違う。

キトはエクアドルの首都だと祖母はいったのだ。

「あったあった、これや」

錆《さび》の浮いた銀の平べったい缶を大事そうに取り出し、祖母はそのまま私に手渡してくれた。

固い蓋《ふた》をこじ開けると、中に絵葉書大のカードが詰まっていた。端が薄茶色に染まっているものもあり、ひと目で古いものだと見て取れる。これがそのベリカードか。いちばん上の一枚を手に取り、裏を返した私はあっと声を上げそうになった。

キト。キトだ。胸の中にあったあの街にそっくりの風景がそこに写っていた。富士に似た、でもさらに鋭角な尾根が、青々とした空を背景に凜《りん》とそびえ、手前には澄んだ大きな湖がその姿を映している。

「キトってほんとうにあったんだ」

夢の中の出来事がほんとうだったと知らされたような、祖父とふたりだけでつくった架空の街が白日の下《もと》に曝《さら》されるような、緊張と弛緩《しかん》がないまぜになってやってきた。

「ベリカードって、なに?」

そう聞く声がからからに乾いている。思わず唾《つば》を飲み込んだ。

「ラジオ聴くやろ、ほの内容を書いてラジオ局に送るんや。ちゃんと聴いてたことがわかればラジオ局がベリカードを送ってくれる」

受信の証明書のようなものと思えばいいだろうか。青い鳥の写真が印刷されたカード、見たこともない果物の写ったカード、満面の笑みをたたえた少女のカード、そして、赤い花のカード。

祖母が隣に腰を下ろす。

「懐かしい。これも、ああ、これもや、ぜんぶじいさんと集めた」

アンデスの声、と日本語で記されている。キトのラジオ局の名前らしい。

「何の番組に周波数を合わせようとしてたんやったか、たまたま飛び込んできた声があっての」

そういって祖母は目尻《めじり》に皺を寄せ、手元の赤い花のカードをじっとのぞき込む。

遠く離れた日本の片田舎で、祖父のラジオがエクアドルからの電波を受信する。現地の日本人向けの放送を偶然つかまえたのだろう。祖父と祖母はたぶん地図を開いてキトの場所を確かめた。そうして地球の反対側まで、拙《つたな》い受信報告書を送った。ベリカードが返ってきて、ふたりは心を躍らせる。幾度も放送を聴き、幾度も報告書を書く。そうして一枚ずつベリカードが届けられる。ふたりして目を輝かせてカードに見入ったことだろう。

そのときの様子がありありと目に浮かぶ。私を膝に乗せて話してくれたのは、たぶん祖母とふたりでじゅうぶんに楽しんだその後だったに違いない。どこにも出かけたことのなかった祖父母に豊かな旅の記憶があったことに私は驚き、やがて甘い花の香りで胸の中が満たされていくのを感じていた。

底本一覧

「清水課長の二重線」　『20の短編小説』朝日文庫　二〇一六年刊
「旅する本」　『てのひらの迷路』講談社文庫　二〇〇七年刊
「愛されすぎた白鳥」　『おとぎ話の忘れ物』ポプラ文庫　二〇一二年刊
「鍋セット」　『Presents』双葉文庫　二〇〇八年刊
「迷子」「物件案内」　『短劇』光文社文庫　二〇一一年刊
「バスに乗って」　『小学五年生』文春文庫　二〇〇九年刊
「マッサージ」「日記」　『とりつくしま』ちくま文庫　二〇一一年刊
「アンデスの声」　『遠くの声に耳を澄ませて』新潮文庫　二〇一二年刊

双葉文庫

え-10-01

ＮＨＫ国際放送《こくさいほうそう》が選《えら》んだ日本《にほん》の名作《めいさく》

2019年7月14日　第1刷発行
2024年2月 5日　第27刷発行

【著者】
朝井《あさい》リョウ　石田衣良《いしだいら》　小川洋子《おがわようこ》　角田光代《かくたみつよ》
坂木司《さかきつかさ》　重松清《しげまつきよし》　東直子《ひがしなおこ》　宮下奈都《みやしたなつ》

【発行者】
箕浦克史
【発行所】
株式会社双葉社
〒162-8540 東京都新宿区東五軒町3番28号
［電話］03-5261-4818(営業部)　03-5261-4831(編集部)
www.futabasha.co.jp（双葉社の書籍・コミックが買えます）
【印刷所】
大日本印刷株式会社
【製本所】
大日本印刷株式会社
【カバー印刷】
株式会社久栄社
【DTP】
株式会社ビーワークス

【フォーマット・デザイン】
日下潤一

ISBN978-4-575-52240-2 C0193
Printed in Japan

双葉文庫　好評既刊

NHK国際放送が選んだ日本の名作
1日10分のごほうび

赤川次郎　江國香織
角田光代　田丸雅智
中島京子　原田マハ
森浩美　吉本ばなな

NHK WORLD-JAPANのラジオ番組で、世界17言語に訳して朗読された小説のなかから、豪華作家陣の作品を収録。亡き妻のレシピ帳をもとに料理を始めた夫の胸に去来する想い。対照的な人生を過ごす女友達からの意外なプレゼント。ラジオ番組の最終日、ある人へ贈られた感謝のメッセージ……。小さな物語が私たちの日常にもたらす、至福のひととき。好評アンソロジー、シリーズ第二弾！

双葉文庫　好評既刊

ほろよい読書

織守きょうや
坂井希久子
額賀澪
原田ひ香
柚木麻子

今日も一日よく頑張った自分に、ごほうびの一杯を。酒好きな伯母の秘密をさぐる姪っ子、実家の酒蔵を継ぐことに悩む一人娘、自宅での果実酒作りにはまる四十路女性など……、今をときめく作家達が「お酒」にまつわる人間ドラマを描く、心うるおす短編集。

双葉文庫　好評既刊

ほろよい読書　おかわり

青山美智子
朱野帰子
一穂ミチ
奥田亜希子
西條奈加

今夜はお疲れ様な自分を癒やす、とっておきの一杯を。女性バーテンダーと下戸の青年の想いを繋ぐカクテル、少女の高潔な恋と極上のテキーラ、不思議な赤提灯の店で味わう日本酒……。大注目の作家達が「お酒」をテーマに描いた、心満たされる短編集第二弾！

双葉文庫　好評既刊

ミステリな食卓

美味しい謎解きアンソロジー

碧野圭
太田忠司
近藤史恵
斎藤千輪
新津きよみ
西村健

料理教室を突然辞めようとする生徒、そば屋に生まれた姉妹に訪れた転機、イタリアンレストランで再会した、秘密を抱えるかつての仕事仲間……。美味しい料理のある景色と、極上の謎解きを楽しめる6つの物語を収録。美味しい三ツ星ミステリアンソロジー！

双葉文庫　好評既刊

おひとりさま日和

大崎梢
岸本葉子
坂井希久子
咲沢くれは
新津きよみ
松村比呂美

年齢を重ね、酸いも甘いも嚙み分けたからこそ得られた、自分に合う気楽で自由な生活。これぞ真の贅沢。それを私自身が分かっていればいい。その「ひとり住まいを楽しむ中で起きるほんの一幕のドラマ」をテーマに、6人の人気女性作家が紡ぐ書き下ろし短編集。